ワーキャットの里へ出発!
なんだか冒険の予感!?
異世界転移した男子高校生
釘宮悠利
ロイヤルワーキャットの若様
リディ
悠利の従魔
ルークス
最強の鑑定士って誰のこと?
Who is the strongest appraiser?
~満腹ごはんで異世界生活~
21

鮭のペリメニ
鮭の蒸し焼き
鮭尽くしの
おもてなし料理を満喫!

スモークサーモンサラダ
鮭とキノコのオイルパスタ

ワーキャットの里に
総勢14名で
お出掛け！
僕達は
お友達として
招待されたよ！
《真紅の山猫》のリーダー
アリー
《真紅の山猫》の指導係
ジェイク
《真紅の山猫》の訓練生
リヒト
《真紅の山猫》の訓練生
マリア
《真紅の山猫》の訓練生
ラジ
《真紅の山猫》の訓練生
アロール
《真紅の山猫》の訓練生
イレイシア
《真紅の山猫》の訓練生
ミルレイン
《真紅の山猫》の訓練生
ロイリス
《真紅の山猫》の見習い
ウルグス
《真紅の山猫》の見習い
マグ
《真紅の山猫》の見習い
カミール
《真紅の山猫》の見習い
ヤック

最強の鑑定士って誰のこと？

Who is the strongest appraiser?

～満腹ごはんで異世界生活～

21

港瀬つかさ ill.シソ

口絵・本文イラスト
シソ

装丁
木村デザイン・ラボ

お品書き

Who is the strongest appraiser?

プロローグ　ふんわり美味しいフルーツサンド

釘宮悠利《くぎみやゆうり》、十七歳。学校帰りに何故か異世界に転移しちゃった高校生が彼である。

転移特典なのか、この世界における鑑定系最強の技能《スキル》である【神の瞳《ひとみ》】を与えられた悠利は、運∞という能力値《パラメータ》のおかげもあってかとても平和に生きている。そう、とても、平和に。

彼の主な仕事は、アジトにおける家事担当である。趣味と実益を兼ねたとても素晴らしい仕事だと当人は思っている。悠利が所属するのは、初心者冒険者をトレジャーハンターに育成するクラン《真紅の山猫《スカーレット・リンクス》》だ。転移した先がダンジョンだった悠利は、そこでこのクランのリーダーであるアリーに拾われたのだ。

悠利の能力が桁違《けたちが》いであることを把握したアリーの尽力によって、悠利の平穏は守られている。悠利がうっかりやらかした場合のフォローも含めて、頼れるリーダー様には頭が上がらない。美味しいご飯をいっぱい作って疲れを癒やしてもらおうと思う程度には、悠利はアリーに感謝しているのだ。

……ただちょっと、その突然付与された規格外の鑑定能力に対する認識が、悠利とアリーの間で決して相容《あいい》れないだけで。野菜の目利きとか、仲間の体調管理とか、あとたまにやらかしとかで使ってしまうのが、悠利なのであった。

「今日のおやつは、お好みフルーツサンドです」

「お好みってどういうこと？」

「見ての通り、そこに並べてある各種フルーツと生クリームを各自でサンドイッチにしてくださいっていう……」

「……ユーリが時々やる、お任せおやつだ……」

「……だって、今日、人数多いんだもん……」

ヤックの指摘に、悠利はそっと視線を明後日の方に逸《そ》らしながら呟《つぶや》いた。テーブルの上には食べやすいサイズにカットされた各種フルーツと、ボウルにたんまりと用意された生クリームがある。フルーツのカットは悠利が行ったが、生クリームは力自慢のウルグスが頑張って泡立ててくれたので、功労者は多分彼である。

サンドイッチ用に用意されたパンは、耳を落としたふわふわの食パンだ。コレに生クリームとフルーツを挟むという、至福の時間が約束されたおやつである。仲間達の大半は喜ぶ。……二名ほど、ヤバいくらいに喜ぶのも目に見えているが。

そして、悠利が人数が多いと言ったのが、各自で自由に作れるおやつにした理由でもあった。《真紅の山猫》は大所帯である。悠利を入れて総勢二十一人。その大半が揃《そろ》う日のおやつとなると、もう各自で好きなものを選んでくれ状態になるのも致し方ないのだ。

だって、美味しいは人の数だけ存在するのである。万人受けする料理なんて存在しないし、逆に万人に忌避される料理も存在しない。蓼《たで》食う虫も好き好きと言う言葉があるように、大半の人々に嫌がられる料理にも、それを好む人は存在する。だからこそ料理は面白いのだが。

「まあ、オイラこういうの好きだけどさ」

そう言いながらヤックは食パンを片手に、生クリームを塗り塗りしている。何だかんだで、こういった催しにも慣れているので、ヤックは生クリームをドカンと山盛りにする、みたいなバカなことはしない。

適量の生クリームを塗り、適量の好みのフルーツを載せ彼が作ったのは、オレンジとパイナップルのフルーツサンドである。酸味と甘みのバランスを考えてのことだろうか？　砂糖控えめな生クリームは牛乳の美味しさが堪能出来るし、そこにパイナップルの甘みとオレンジの甘み、そして両者の持つ酸味を堪能しようとしたのかもしれない。

果物を載せた後、その上にもう一度生クリームを塗り、ヤックは蓋《ふた》をするように食パンをかぶせた。そうして一つ完成させると、他の皆の邪魔にならないように自分が作ったサンドイッチを皿に載せて去っていく。そのあたりも実に手慣れていた。

彼は見習い組の最年少ではあるが、何だかんだで周りをよく見て動けるし、突出した才能はないが、コツコツ努力が出来るタイプと言われているので、こういったときの動きは回を重ねるごとに上手くなっているのだ。

フルーツサンドを作っているのはヤックだけではない。材料はテーブルの中央に置かれているので、同時に皆で作ることが出来るのだ。勿論《もちろん》、他の見習い組達も嬉々《きき》として自分好みのフルーツサンドを作っている。

大人顔負けの体格を持つウルグスは、食べる量もそれに見合っている。なので、どうせ食べるなら満足する量を食べたいと思ったのか、クリームもフルーツもででんっと盛っている。

一応形状はサンドイッチになっているが、かなり分厚い。これをかじろうと思うとなかなかの大口を開けなくてはならないが、まあ彼ならば大丈夫なのだろう。悠利にはちょっと無理だが。

まあ別に、今日のフルーツサンドに関しては特に分量やお代わりに制限はない。食べたいように食べたい物を詰め込んで作ればいいのだ。強いて言うなら、皆が食べるものであるという前提を忘れないことだけがルールである。早い話が独り占めはダメだよという当たり前の話だ。

そんなウルグスの隣で、マグは黙々とフルーツサンドを作っていた。出汁《だし》の絡んだ料理になると何故か謎の執着心を発揮して、全て自分のものみたいな行動に出るところのあるマグだが、そうでないものに関しては腹が満ちればそれでいいというのが基本スタンスなので、おやつの時間は基本的に大人しい。おやつには基本的に出汁は入らないからだ。平和でいいなと悠利は思っている。

マグは身体《からだ》は小さいが、食べる量はそれなりだ。しかし小さな体躯《たいく》から解《わか》るように口が小さいので、ウルグスのようなドカッと大きなフルーツサンドを作ることはしない。それよりは回数を重ねて、色んなフルーツサンドを食べることを重視したのだろう。本人的には満足そうなので、悠利としては気にしない。

少し面白かったのは、挟むフルーツを選ぶときに、同じようにカットされているフルーツをじっと眺め、どれが大きいかとか、どれが美味しいだろうかみたいに吟味していたことだろうか。何だか職人さんみたいである。

そして見習い組最後の一人であるカミールは、他三人とは違って何やら真剣な顔でフルーツサンドを作っている。クリームの厚みは均等にし、フルーツを並べるときも並べる順番を気にしている。

何やってんだあいつと言いたげな顔でウルグスが呆《あき》れ、そんな真剣に悩むことかなあと言いたげな目でヤックが見る。なお、マグは他人がやっていることに興味はないので、モリモリとフルーツサンドを食べていた。安定のマグ。

「カミール何やってるの？」

「あ？」

「フルーツサンドって別にそんなに難しくないと思うんだけど」

悠利の問いかけにカミールは首を傾《かし》げた。何を問われているのか分からなかったのだろう。ただ食べたいようにフルーツサンドを作ればいいだけなのに、何をそんなに一生懸命考え込んでいるのか？　悠利が問いたかったのはそこである。しかし、カミールはそんな風に突っ込まれるとは思っていなかったらしく、しばらく首を傾げちょっと考えていた。

悠利が今度はさっきよりは解りやすく聞いてみようかと思ったときに、カミールが自分で答えに気付いたのか口を開いた。

「ああ、食べるだけだったらそんなに考えながら作んなくていいってこと？」

「そうそう、そういうこと」

話が通じたので、悠利はこくこくとうなずいた。そんな悠利に対してカミールは「まあ、ちょっと待っててくれ」と告げて、フルーツサンド作りに戻る。僕は自分の分食べてるからいいけどと思いながら、悠利はそんなカミールの背中を見ていた。

ちなみに悠利が作ったのは、スライスしたイチゴを挟んだ、生クリームとイチゴのフルーツサンドである。生クリームのほのかな甘味とイチゴの酸味が良い調和をしている。それに真っ白な生クリームと真っ白な食パンにイチゴの赤が映えてなかなかに美しい。パクリとかじるといちごの赤い部分が見えるので、それがちょっと楽しくなったりもする。

「うん。生クリームは砂糖を控えめにしてるけど、ちゃんと美味しい」

うんうんと一人でうなずく悠利。一応、これにはちゃんと理由がある。

大半のメンバーは、砂糖を使った甘みたっぷりのフルーツサンドにも「わぁ美味しい」と言ってくれることだろう。しかし、世の中には好みというものが存在する。

《真紅の山猫》の仲間には約一名、甘いものがちょっぴり苦手な人がいるのであった。今は訓練に出かけていていないので、戻ってきたらちゃんと生クリームが甘くないことを伝えてあげようと思う悠利だった。優しい。

そんな風に悠利達が自作のフルーツサンドを味わっていると、カミールがどうやら満足のいくフルーツサンドを作り上げたようだ。満面の笑みで、悠利達の方へやってきたカミールは、さあ見てくれと言わんばかりに、自分の作ったフルーツサンドの断面を見せてきた。

そこには——。

「……綺麗《きれい》だね」

生クリームの白い断面に、キウイの緑とイチゴの赤、パインの黄色が模様のように並んでいた。ちょっと食べるのが勿体《もったい》ないなと思うほどの、美しさである。

「こうすると見た目がいい感じじゃない？　いやでも、ちゃんと思った通りに並べんの難しいわ」
「綺麗なのは解ったけど、すぐ食べちゃうのに何でこんなにこだわってんの？」
「それな」

カミールの説明に、ヤックとウルグスがツッコミを入れた。自分達が食べるだけのフルーツサンドで、何でこんな見た目重視みたいなことをしているのかが解らないのだ。だって彼らは可愛《かわい》いものとか綺麗なもの、いわゆる映えなどに興味のないメンツである。

これが女子組の仕事であったのなら、ヤックやウルグスも納得した。あるいは、傍《かたわ》らで「わー、綺麗ー。そっかー、こうやって並べたら見た目も綺麗だよねー」とぽわぽわ笑っている悠利がやったことなら、だよなーで終わった。カミールがやっているので違和感がすごいのだ。

そんな仲間達に、カミールはあっさりと答えた。

「いや、実家が地元の祭りで出す軽食のアイデアに良《い》いかなと思って」
「「納得した」」

カミールの実家は商店である。お祭りがあるときは、普段は出さない飲食品を出しても良いらしく、客を呼び込むために何か手軽な軽食はないかと家族会議をしていたらしい。遠方に修業にきているカミールであるが、家族仲は良好で、何くれと手紙でやりとりをしているのだ。

謎が解けたらそれで満足したのか、ヤックとウルグスも自分のフルーツサンドを食べる方に戻った。がばっと大口を開けてフルーツサンドを頬張《ほおば》るウルグスの姿は豪快だった。

大量の生クリームと、同じく大量に詰め込んだフルーツ。どこを食べても何かの味がするという状態のウルグスのフルーツサンドは、当人は大満足の出来映えらしい。横で見ている悠利《ゆうり》達は「……アレ、かじれるんだ……」という気持ちになったが。

ちなみに、小さな口に合わせて薄めのフルーツサンドを作っていたマグは、一つ目を平らげたので二つ目を作りに行っていた。仕事が速い。

そうこうしていると、鍛錬や依頼を終えたらしい訓練生達が戻ってきた。賑《にぎ》やかに会話をしながら近づいてくるのが解る。

「ユーリ！　今日のおやつ何ー！」

元気いっぱいに一番に食堂に飛び込んできたのは、レレイ。腹ぺこ娘は今日もお腹《なか》をぺこぺこにして帰ってきたらしい。思わず悠利の顔に笑みが浮かぶ。

「今日はフルーツサンドです。各自で自由に作ってください。お代わり自由だけど、独り占めはダメだよ」

「わか……」

「つまり好きなだけ食べて良いってことよね……⁉」

「……ヘルミーネ、顔、顔が近いです……」

レレイが元気よく返事をしようとしたのを遮って、大きな声が聞こえた。その声が大きく聞こえたのは当然で、それまで離れた場所にいたはずのヘルミーネが、一瞬で距離を詰めて悠利の間近で叫んだからだ。……どう考えてもいつもの三倍速ぐらいで動いていた気がする。

興奮のあまり背中に白い翼が出てしまっている。羽根人のヘルミーネは黙っていれば愛らしい金髪の美少女だが、スイーツが絡むとテンションがちょっぴりぶっ飛んでしまうお嬢さんなのである。

返事を聞くまで離れないと言いたげなヘルミーネを見て、悠利はため息をついてから口を開いた。

「夕飯が食べられる程度にしてね」

「大丈夫！　甘いものは別腹よ！」

「……フルーツサンドも別腹認定なんだ……」

ルンルンと軽やかに食材の置いてあるテーブルに移動するヘルミーネ。途中でクーレッシュに翼が出ているのを指摘されて、慌ててしまっている姿はちょっと可愛かった。

「安定のヘルミーネさんだなぁ……」

「フルーツサンドって別腹枠になんの？　割と普通にパンだよな？」

「僕に聞かないでよ……」

結論が出なかったので、当人が言うのだからそうなのだろう、ということになった。スイーツ大好き娘はそこまで胃袋が大きいわけじゃないのに、スイーツ関係だけはいっぱい食べることが出来るらしい。不思議だ。

なおレレイは、大食い腹ぺこ娘の名に恥じぬ、ウルグスも呆気《あっけ》にとられるような大盛りフルーツサンドを作り上げていた。生クリームもフルーツもたっぷり、である。……いっそお代わりしろよと隣でツッコミを入れるクーレッシュに、これが食べたいと言っているので当人は満足なのだろう。

「ユーリ、フルーツサンド美味しいよー！」

「それはよかった。……ところでレレイ」

「なぁにー？」

「口の周り、生クリームすごいよ」

「あ、ホントだ」

まるでビール髭《ひげ》のように生クリームがぺたりとついてしまっている。えへへと笑ってそれをなめとるレレイ。そんな子供っぽい姿もらしいなぁで終わってしまうのが、彼女の魅力かもしれない。

賑やかなのはいつも通りレレイ、クーレッシュ、ヘルミーネの三人であるが、他の訓練生達もフルーツサンドを楽しんでいる姿が見える。

人魚族の少女イレイシアは小食なので生クリーム控えめだが、フルーツはそれなりに詰め込んで幸せそうにほおばっている。清楚《せいそ》系美少女が上品にフルーツサンドを食べ、口元にちょっとついた生クリームを指摘されて頬を染める様は何とも言えず愛らしい。

職人コンビである細工師見習いのロイリスと鍛冶《かじ》士見習いのミルレインは、二人で何やら真剣な顔で話し合いをしながら食べている。ハーフリング族のロイリスは幼い子供の外見通りに胃袋が小さいので控えめなフルーツサンドを食べているが、体力を要する鍛冶士である山の民のミルレインはそれなりにボリューミーなものを食べていた。彼女はおやつをエネルギー補給だと思っている節があるのだ。

お互いに自分の状態に合わせて調整し、美味しそうに食べているので問題はあるまい。悠利が視

線を転じれば、指導係のお姉様コンビ、フラウとティファーナの二人も談笑しながらフルーツサンドを作っていた。

優しく上品なお姉様という雰囲気のティファーナは、あまり沢山食べると夕飯が食べられないと考えているのか、控えめなフルーツサンド。対して、身体が資本と言わんばかりに鍛錬もこなす弓使いの凜々《りり》しいお姉様のフラウは、それなりにしっかりと盛りつけたフルーツサンドになっていた。彼女達は大人なので自分の胃袋とちゃんと相談が出来るのが素晴らしい。

一口にフルーツサンドと言っても、挟むフルーツやクリームの分量で随分と趣が変わる。しかし重要なのは美味しく食べることなので、皆が楽しみながら美味しく食べてくれているのが解って一安心な悠利だった。

そこでふと、悠利は大事な話があったことを思い出した。目の前の見習い組達に向けて口を開く。

「そういえば、ワーキャットの里に出掛ける話ってもう聞いた？」

「「何の話？」」

「あ、まだ聞いてなかったんだ……」

目を丸くする少年達に、悠利はあのね、と事の経緯を説明し始めた。この中で事情を把握しているのが自分だけだと理解したので。

話はまぁ、とてもとても簡単だった。悠利のお友達のワーキャットの若様、リディから遊びに来てほしいとお手紙が届いたのだ。

ワーキャットというのは二足歩行をする猫の種族なのだが、その種族のとある里の若様リディと悠利はお友達である。発端は迷子になっていたリディを保護したからなのだが、何度もアジトに遊びに来るくらいに幼い若様は悠利が大好きだった。

大好きすぎて、自分が遊びに行けないなら来て貰《もら》えば良いんだ！　という結論に達したらしい。そういう意味合いの手紙が届いたのだ。若様直筆と、里長である若様の父上直筆の二種類で。

ちなみに若様直筆の手紙は、まだまだ文字を練習中なので拙《つたな》く、遊びに来てほしいぐらいしか書いていなかった。それでもお友達からの手紙なので、悠利にとっては大事なお手紙である。

その手紙が届いて、悠利は保護者であるアリーに話を通した。勝手に外出するようなことはしない。もしも仮にワーキャットの里に出掛けるとしてもきちんと許可を取ってからだし、誰か一緒に行ってもらおうと思っている。その程度には自分が一人でふらふら出歩くには、この世界がちょっぴり物騒だと言うことは解《わか》っていた。

「リディがこっちに来られないから、僕らに遊びに来てほしいって言っててさ。アリーさんに話を通したら、それなら訓練がてら何人かで出掛けようってことになって」

「……それ、オイラ達も行けるの？」

「行けるって言うか、カミールは来るものだってリディが思い込んでるんだよねぇ……」

「……友達枠？」

「遊んでくれる人枠かも」

「なるほど」

遠出の訓練の場合、見習い組は留守番をすることがある。そこはやはり、訓練生と見習い組の間に存在する分厚い壁のせいだろう。比較的近いとか、遊び半分とかの場合は見習い組も一緒に出掛けるが。

　なので自分達が同行出来るのか聞いたヤックの判断は間違っていない。いないのだが、そこで発動するのが若様のワガママである。初対面から構ってくれたカミールを遊び相手だとでも思っているのか、来るものだと信じ切っているのだ。これでカミールが留守番だったら、「なんでいないんだ！」と大騒ぎする可能性がある。あの若様は幼児らしく自由なのだ。

　その辺りの事情も踏まえて、ワーキャットの里への道中の安全度や、向こうへ行った後の行動などを考えて、今回は見習い組も連れて行くことになったのだ。今回は異文化交流みたいな感じでワーキャットの里を見学させてもらうことになるので、危ないことやしんどいことは存在しない。それなら大丈夫だろうという話になったのだ。

「とりあえずアリーさんは引率で同行するって。で、僕と見習い組は全員参加。後、アロールもね。リディが会いたがってるから」

「まぁ、アロールもチビのことは嫌いじゃねぇから大丈夫だろ」

「他は、マリアさんとリヒトさんは確定なんだよね。リディがよく知ってる人ってことで」

「あー、一緒にダンジョン行ったんだっけ」

「そう」

　大人と子供なので一緒に遊ぶとか、遊んで貰ったという記憶はない。しかし、マリアとリヒトには、採取系ダンジョン収穫の箱庭に連れて行ってもらった縁があるし、何より誘拐されそうになったときに助けてもらった恩がある。若様がというより、ご両親が感謝を示したいというのが大きそうだ。

現時点で決まっている参加者を考えると、子供組が圧倒的に多かった。アロールは十歳児ではあるが魔物使いとしては一人前。そういう意味では彼女は戦力として数えて良いかもしれないが、そうだとしても大人はアリーとマリアとリヒトの三人。そして、頼れるのはそのうちの二人だけだ。

リヒトは何も問題はない。元々冒険者で、色々と基礎を学び直すために《真紅の山猫《スカーレット・リンクス》》の門を叩《たた》いた真面目なお兄さんだ。前衛として頼りになるし、いざというときに誰かを守る方向に意識が向く守護の人である。……ちょっぴり繊細なので、トラブルになると胃痛に悩まされそうだが。

問題があるのは、マリアの方だ。といっても、別に彼女の能力が未熟というわけではない。逆である。妖艶《ようえん》美女のマリアさんは、ダンピールというヴァンパイアの性質を一部受け継いだ激強お姉さんである。見た目に反して職業《ジョブ》は狂戦士。戦闘力という意味では、大変頼りになる。

では何が困るかと言えば、彼女は血の気が多かった。戦闘でハッスルしちゃうタイプだと思って貰えば良い。頭に血が上ると味方の声も聞こえず、ただただ暴れまくるタイプの強い人である。それで敵を全部倒しちゃうぐらいに強いので、味方は巻き込まれないように逃げるしかない。

……お解りいただけるだろうか。彼女は引率者には向いていないのだ。あと、護衛役にも。

「……他に行く人は？」

「まだ確定じゃないって言ってたから、ここから追加あると思うよ」

「そっか……」

「……誰か来てくれると良いな……」

「……俺とリヒトさんじゃ無理だぞ……」

「「……ウルグス」」

我関せずとお代わりのフルーツサンドを食べているマグの横で、ウルグスが沈痛な表情を浮かべていた。彼は豪腕の技能《スキル》を持ってはいるが、やはり人間である。ダンピールのマリアの怪力には敵《かな》わない。鍛えているリヒトにしたって人間だ。物理的にマリアを止めるには、ちょっとパワーが足りない。

アリーも前衛と言われて納得が出来る程度には鍛えているが、それでもやはり、人間である。種族の差というのはどう足掻《あが》いても越えられない壁のように立ち塞《ふさ》がる。猫獣人の血を引くレレイなら多少はどうにかなるかもしれないが、それにしたって純粋な力勝負では負けるだろう。どうしたものかと一同の表情は暗かった。

何でこんな心配をしなきゃいけないんだ、と彼等《かれら》は思った。未知のワーキャットの里へおでかけというわくわくイベントだというのに、心配事の方が大きくて純粋にわくわく出来ない。とても世知辛い。そんな悠利達を救う天の声が背後から聞こえた。

「心配しなくても、僕も行くよ」

「ラジ？　あ、お帰り」

「ただいま」

「ラジも一緒に行くの？」

「ワーキャットの里に特に興味はなかったけど丁度手が空いてたから、マリアの制御担当としてついていくことになった」

「ラジさん、マジで感謝です……！」

ラジの言葉に、ウルグスは拝むような仕草をした。彼がいるなら百人力だった。純粋に力だけでマリアと張り合える数少ない存在なのだから。

訓練生の一人、白い虎獣人のラジ。本人の性質は温厚で、見知らぬ人と接するときは緊張するような引っ込み思案なところもあるが、仲間相手には気さくに接してくれる良いお兄さんだ。格闘家という職業が示す通りに鍛えられた肉体をしており、一目で前衛と解る。

獣人、それも虎ということで、ラジの身体能力は高い。ジャンプ力なら猫の血を引くレレイも負けてはいないが、力勝負となれば虎に軍配が上がるだろう。そんな彼は常日頃から暴走したマリアを止めたり、ツッコミを入れたり、対処が出来るからと一緒に仕事をさせられたりしている。……ある意味で担当者なのだ。

「ブルックさんが行けるなら一番問題なかったんだけどな。大口の仕事が入ってるとかで、僕にお鉢が回ってきた」

「「お疲れ様です」」

出来るからといって、ラジがマリアの相手を好んでやっているわけではないことを知っている悠《ゆう》利《り》達は、深々と頭を下げてラジへの労《いたわ》りの気持ちを示した。

ちなみにラジが話題に上げた指導係のブルックさんは、《真紅の山猫》随一の武闘派である。多分武器を持たずに大抵の敵は無力化出来る。マリアの相手も片手間に出来るほどにはお強いのだが、お強いだけに指名依頼とかで外せないお仕事が入ってくることが多いのだ。今回はそのケースだったらしい。残念。

「ラジ、他には誰が行くとか聞いてる？」

「僕の聞いてる範囲では、関係者と君達以外では、イレイスとロイリスとミリーだったと思う」

「……どういうメンバー？」

思わず悠利は首を傾《かし》げた。いずれも、別にワーキャットの若様と交流を持っていたわけでも、興味を持っていたわけでもない面々である。何でそのメンバーが選出されたんだろうと純粋に疑問に思った悠利だった。

「単純に勉強になるからだ」

「あ、アリーさん。お疲れ様でーす。今日のおやつはフルーツサンドなので、お好きに作ってください」

「……ブルックが落ち着いたら行く」

「……あははは」

仕事が一段落しておやつに来たらしいアリーの、疲れたような言葉に悠利は思わず笑った。悠利以外の面々も、そっと視線を逸《そ》らした。ブルックは頼れる剣士殿だが、無類の甘味好き。一歩間違えると甘味で身を持ち崩しそうなレベルでスイーツ大好きなのだ。

なので、今も真剣な顔でフルーツサンドを作っていた。大食漢なので、食べられる量も多い。そのため、とりあえず数種類のフルーツサンドを作ってから堪能《たんのう》しようとしているらしい。……具材もパンもたっぷり用意しておいて正解だった、と悠利は思った。

「ラジはどうする？　生クリームは砂糖控えめだからそこまで甘くないけど、気になるようならハムとチーズも用意してあるよ」

「一口食べてみて、無理そうならハムとチーズを貰うよ」

「了解ー」

甘味の匂いだけで胃もたれする、みたいな感じで甘い物が苦手なラジは、悠利の配慮をありがたく受け取ってくれたらしい。それでもとりあえず挑戦してみようとしているのは、フルーツは別に嫌いではないからだ。生クリームの砂糖が控えめだったら平気なパターンもあるのだ。

フルーツサンドを作りに行くラジを見送って、悠利はアリーを見上げた。先ほどの話の続きだ。勉強になるとはどういうことなのか、ちょっと気になっているのだ。

「イレイシアは単純に色んな経験を積ませるのが吟遊詩人の鍛錬になるし、ロイリスとミルレインは細工や鍛冶《かじ》の視野を広げるためだ」

「なるほど。じゃあ、半分遊びの交流会な僕らと違って、ちゃんとお勉強目的なんですね」

「ワーキャットの里に入れるなんて滅多にない経験だからな。……本当は訓練生全員連れて行こうかと思ったんだが」

「今の話だと、クーレとレレイとヘルミーネはお留守番ですね」

「それぞれ依頼が入ってたからな」

「なるほど」

一度受けた依頼を自分都合で破棄するのはよろしくない。依頼というのは依頼主との間の契約である。信頼に影響する。滅多に行けないワーキャットの里に興味はあるだろうが、まぁ、里に遊びに行く機会は今後もあるかもしれないので、この三人はお仕事優先になったらしい。

指導係も、今の流れではブルック同様にティファーナとフラウもお留守番のようだ。一緒に行くなら行くと説明があっただろうから。となると気になるのは、残り二名である。

「ヤクモさんとジェイクさんはどうするんですか？」

「ヤクモは留守番でジェイクは連れて行く」

「逆じゃなくて……!?」

「……お前なぁ」

「いえ、はい、あの、すみません……。つい、本音が……」

呆《あき》れたようなアリーの言葉に、悠利は視線を明後日の方向に逸らしつつ謝った。でもうっかり漏れてしまった本音は隠せなかった。

悠利がこんな反応をしたのには、理由がある。ヤクモとジェイクの二人は、立場こそ異なるが同年代の男性二人だ。そして、《真紅の山猫》メンバーの信頼を圧倒的に勝ち取っているのは、ヤクモの方である。

遠い異国から旅を続けてこの国に辿《たど》り着いた、和装とお札で戦う呪術師（名前は物騒だが風水とか天気が分かるとかそういう系統）の青年、ヤクモ。一応所属は訓練生だが、扱いはどちらかというと客分。何かあったときには大人組として皆に頼られている。

対してジェイクは、指導係の一人だ。学者先生であり、見習い組や訓練生の座学を一手に引き受けている。小難しい話も解《わか》りやすく説明してくれるという点では頼りになるのだが、日常生活で遭難しそうなぐらいのポンコツなので、あまり敬われてはいない。ある意味で愛されてはいるが。

そんな両名なので、よそのお家《うち》にお邪魔するときの引率枠的な意味合いで同行するならヤクモの方では……？　と思ってしまった悠利なのだ。多分悠利は悪くない。気付いたら廊下でばたんきゅーと倒れているジェイク先生が悪いのだ。多分。

「ワーキャットの文化や歴史に関してなら、ジェイクの方が適任だからな。そういう意味で連れて行く」

「……連れて行ってはっちゃけたりしません？」

「……しないように言い聞かせてはいる」

「……皆で見張りますね……」

「……すまん」

悠利の素朴な疑問に、アリーは苦虫を噛《か》み潰《つぶ》したような顔で答えた。知的好奇心とか知識欲の塊みたいなジェイク先生なので、書物でしか知らないワーキャットの里に実際に行ったらどういう反応をするのかがちょっと心配なのだ。子供達に見張られる大人。やはり彼は引率者枠ではなかった。

それはともかく、確かにジェイクの知識は頼りになるなと悠利は思った。リディとは何度も会っているが、あの若様は自由でフリーダムなお子様という感じなので、ワーキャットという種族のタブーとかその辺はさっぱり解らない。扱いが幼児で良かったので。

　現地で失礼にならないように、何かあったときにはジェイクさんに聞くことにしよう、と悠利は心に刻んだ。

　そんな風に考えていた悠利の耳に、賑《にぎ》やかな声が聞こえた。楽しいままで終わらせたいではないか。せっかくの楽しいお出掛けなのだ。ついでに、背中にどーんと衝撃も。

「ユーリ、フルーツサンド美味しいね！」

「……レレイ……、美味しかったのは解ったから、あの、突撃してくるの、待って……」

「クリームいっぱいにして、フルーツもいっぱいにしたらすっごく美味しかったよ！」

「うん、気に入ってくれたのは嬉《うれ》しいよ。……でも、あのね、背中……」

「背中がどうかした？」

　はて？　と不思議そうに首を傾げるレレイ。どーんと突撃された悠利の背中は、じんじんひりひり痛んでいた。打撲にはなっていないとは思うが、感情の赴くままに力自慢にタックルされたようなものなので、ちょっぴり痛い。

　しかし、レレイの方はよく解っていないらしい。彼女にとっては普通の力だったのだろう。悠利が自分よりも随分とか弱いことをうっかり失念するレレイ。いつものことだった。

　そして、いつものことだからこそ、雷が落ちる。今、悠利の傍《かたわ》らにはアリーがいるので。

「レレイ……、力加減を考えろと、何度言えば解る……？」

「はわっ⁉　えっと、あの、今の、もしかして、痛かった……？」

「……ちょっとね」

「うわーん、ごめんユーリ！　そんなつもりはなかったのー！」

「うん、知ってる」

　感情丸出しでごめんごめんと謝るレレイ。悠利は次から気を付けてねと温情を見せるが、アリーはレレイの首根っこを引っつかんで食堂の片隅へと移動していった。多分、皆がおやつを楽しんでいるので隅っこでお説教になるのだろう。

　引きずられていくレレイを見送って、悠利は思った。あぁ、うちは今日も賑やかだけど平和だなぁ、と。……これを平和と言って良いのかは微妙だが、《真紅の山猫》《スカーレット・リンクス》基準で考えると平和なので間違ってはいない。

「レレイさん、安定のレレイさん」

「ユーリ、背中大丈夫？」

「痛むようなら家事、俺らがやるからな？」

「……薬、必要？」

「あはは、皆、ありがとう。そこまで痛まないから大丈夫だよ。ちょっと痛むだけ」

　いつものこととはいえ、か弱い悠利を気遣ってくれる見習い組の優しさは嬉しかった。そういう仲間達の優しさがあるから、今日も異世界でのほほんと生活していられるのだ。少なくとも、悠利はそう思っている。

　おやつのフルーツサンドを堪能しつつ、喜ぶ皆の顔を見る。幸せだなぁと思って、へにゃりと笑う悠利なのでした。

第一章　やってきました、ワーキャットの里

「わぁ、ここが、ワーキャットの里なんですね」

　感嘆の声を上げた悠利同様に、周囲では皆がここがそうなんだと言いたげにうきうきしていた。

　王都ドラヘルンから馬車でゆっくりと移動して三日。広大な森の中に燦然《さんぜん》と輝くワーキャットの里に、一行は到着していた。

　悠利を仲良しのお友達として慕っているワーキャットの若様リディが、「自分が行けないなら遊びに来て貰《もら》えば良い」という発想に至った結果である。一応正式にリディの両親、里長様ご夫妻によるご招待でもあるので、お子様のワガママだけで実行されているわけではない。

　今回のメンバーは、リディのお友達枠で悠利と従魔のルークス、引率役としてアリー。お勉強の補助担当としてジェイク。若様誘拐未遂事件のお礼をしたいということでリヒトとマリアとアロールとその従魔ナージャ。経験を積むということで見習い組全員と、訓練生からはイレイシア、ロイリス、ミルレイン。……そして、マリアがうっかり暴走したときの押さえ役として、ラジ。それ以外の面々は仕事があったりしたのでお留守番だ。

　いつもはこういうときに一緒にいるクーレッシュやレレイがいないので、悠利としてはちょっと変な感じだった。まぁ、たまにはこういうこともある。お留守番組であるクーレッシュ、レレイ、

ヘルミーネの三人からは、ワーキャットの里がどんな風だったか教えてねと言われている。お土産話をたっぷり持って帰るつもりだ。

さて、そのワーキャットの里である。

王都ドラヘルンから人里のない方へない方へと進んだ結果、ここは広大な森のど真ん中だ。しかし、森のど真ん中で四方が木々に囲まれている以外は、建築物などは王都ドラヘルンと遜色《そんしょく》はなかった。つまりは、見慣れた街並みである。

違うところと言えば、うろうろしている住人がワーキャットばかりというところだろう。カラフルな色合いの二足歩行する猫の皆さんが、楽しげに生活している姿が視界に広がっている。感情に合わせて揺れる耳や尻尾《しっぽ》が何とも言えず見ていて楽しい。

突然現れた人間の集団に少し驚いたようにしながらも、ワーキャット達は特に騒ぐことはなかった。話が通っているのだろう。物珍しそうな視線は向けてきても、そこに悪感情はなかった。

「街並みにそれほど違いはありませんけれど、やはり住人がワーキャットの皆さんだけというのは不思議な感じがしますわね」

そう穏やかに告げたのはイレイシアだった。吟遊詩人として色々なものを見て、色々な経験を積むことを目的にしている彼女は、今回ワーキャットの里に来られたことをとても喜んでいる。

ワーキャット達は決して閉鎖的ではないが、それでもこうして里まで一般人が入れることは滅多にないらしい。悠利《ゆうり》が若様と仲良くなり、友達という立場を手に入れたからこそである。悠利としては、単に友達の家に遊びに来たというぐらいの認識だが、冷静に考えるとそれなりにすごい状況ではあるのだ。まあ悠利にはそんなこと関係ないのだけれど。

「建物とかは普段僕達が見てるのとあんまり変わらないよね？」

「そうですわね」

悠利の言葉にイレイシアは素直に頷《うなず》いた。街並みにあまり違和感を抱かないので、ちょっと落ち着くのがありがたい。建物の雰囲気もそうだが、全体の感じも何というか、見慣れた風景という感じなのだ。

民家が立ち並ぶ一角があり、同時に様々な店が立ち並ぶ一角もある。店頭で食べ歩きが出来るような料理を売っている店もあれば、惣菜《そうざい》屋のように器を持ち込んで量り売りをしているような店もあった。

勿論《もちろん》、肉や魚、野菜を取り扱っている店もある。洋服や家具屋、雑貨屋、武器や防具を取り扱う店に日用品を取り扱う店。それに、鍛冶屋や毛並みを整える美容師のような店も見える。この里で全ての生活が賄われているのだと解る程度には、様々な店、様々な建物があった。そして、そのいずれも洗練されている。

確かに王都の方が規模は大きいし、それだけに豪華ではある。しかし、ワーキャット達のこの里は、その面積と暮らしているであろう住人の割合を考えれば、かなり高水準でまとまっている。無駄がないという意味でも。

そこでふと悠利は不思議なものを見た。不思議というのは言い方が間違っているかもしれない。しかし、住人全てがワーキャットというこの里においては、それは確かに異物だった。人間である悠利達と同じ程度に、ワーキャット達とは違うと分かる外見の存在がいたのである。

それは猫耳と猫尻尾を生やした人間の姿をした人々だった。有り体に言えば獣人に見える。

ワーキャットというのは、顔立ちも手足などの構造も何もかもが、全て猫である。本当に、人間サイズの猫が二足歩行しているようにしか見えない。対して獣人はそれぞれの動物の性質を持ってはいるものの、獣の耳と尻尾を持つ以外は外見は人間と変わらない。そういう意味では街中でよく見かけるのは獣人の方だ。だから別に獣人そのものは珍しくはない。

しかし、やはり二足歩行する猫、ワーキャットばかりのこの里において、獣人はちょっと浮いている。はて？　と悠利は首を傾《かし》げる。何で獣人さんがここにいるんだろうという気分だった。

そんな風に首を傾げている悠利の耳に、こちらへ駆け寄ってくる足音と「お待たせしてすみません」という穏やかな女性の声が聞こえた。

視線を向ければ、申し訳なさそうにぺこりと頭を下げる一人の女性。見知った存在である黒猫のワーキャットのお姉さん、フィーアだ。この女性は悠利の友達である若様、リディのお世話役として側《そば》にいる女性だ。悠利達とも顔見知りである。

「出迎えが遅れてしまい、申し訳ありません」

そう言ってフィーアは頭を下げる。いつ頃着くという連絡は一応入れていたものの、予定は未定のようなもの。悠利達は誰も彼女が不手際をしたなどとは思っていないので、その旨を伝える。それに対してフィーアは安堵《あんど》したように微笑《ほほえ》んだ。

「ところで、慌ててらっしゃったみたいですけど、何かあったんですか？」

悠利の質問にフィーアは困ったように微笑んだ。その微笑みを見て、悠利は色々と察した。何となく察せてしまった。そんな悠利の予想を裏切らず、フィーアは自身がバタバタしていた理由を告げてくれた。

「若様が、お迎えには自分が赴くのだと駄々をこねられまして」

そっと目を伏せるフィーア。やっぱりそっかあという顔になる悠利。リディは確かに悠利の友達で、この里の若様という身分ある立場である。しかし、まだ幼いお子様なのだ。つい先日まで人の言葉を話すのもおぼつかなかったような、そんなおチビさんなのである。案内も兼ねたお出迎えなど、出来るわけもない。

ただし、これは幼児あるあるなのだが、皆がそれはちょっと無理じゃないかなと思っても、当人はなぜか謎の自信で自分は出来ると思い込んでいたりするのだ。今回もそれであり、自分はちゃんとお出迎えが出来ると言い張る若様をなだめすかしてフィーアが出迎えに出てきたらしい。

「お疲れ様です」

その言葉はとても自然に悠利の口からこぼれた。子供の相手は大変だ。悠利にとってリディは大事なお友達ではあるが、それと同時にやっぱり幼児枠である。若様、今日も絶好調だなという気持ちになった。

「それでは皆様を里長様の屋敷へとご案内させていただきます」

そう告げるフィーアの案内で、悠利達は街の中を進んでいく。案内に従っているので、周囲のワーキャットも騒いだりはしない。ただやはり子供達は見慣れない人間というものに興味津々なのか、親の後ろに隠れたり、建物の陰からだったりだが、じーっと悠利達を見ている。

しかし、駆け寄ってきて声をかけるというようなことはしないので、やはり人間はちょっと怖いと思っているのかもしれない。僕達別に怖くないよ、という思いを込めて、悠利はにっこり笑っておいた。

とはいえ、確かに悠利や見習い組がいて、子供連れの集団ではあるものの、ざっくり分類するならば彼らは冒険者の一団である。少なくとも訓練生達は冒険者ギルドで依頼を受けて仕事をしている。今回は荒事に長《た》けた面々という印象は薄いメンツであるが、リヒトやラジなどは見るからに前衛と解《わか》る風情なので、多少の圧はあるだろう。

それに何より一同の先頭を歩くアリーの威圧感である。スキンヘッドで眼帯の、明らかに強いと解る大人の男。まあ、確かに子供達が寄ってこないのも普通かなと思う悠利だった。

そうして歩いていると、やはりちらほらと獣人らしき姿が見える。先ほどからずっと気になっていたので、悠利は素直に質問することにした。解らないことをすぐに聞けるのは悠利の美点である。多分。

「あのフィーアさん、この里はワーキャットの方だけが住んでいると聞いたんですが、獣人の方も住んでらっしゃるんですか？　それともあの方々は交易とかで来られた外部の方ですか？」

「え」

悠利の問いかけにフィーアは足を止めた。そして悠利が目線で示す先にいる獣人と思《おぼ》しき人々を見て、あぁと納得したように微笑んだ。

「いいえ、彼らはこの里のワーキャットです」

「え」

思いもよらないことを言われて、悠利はポカンとした。悠利だけではない。周囲の面々も首を傾げている。傾げなかったのはアロールと、アリーとジェイクの二人。彼らはそれぞれの方向から様々な知識を持っているので、フィーアの発言の意味が解っているのかもしれない。

「あの、ワーキャットっておっしゃいますけど、あの方々はどう見ても獣人ですよね」

「はい。彼らは今、獣人のような姿に擬態しております」

「擬態」

「擬態です」

ニコリと微笑むフィーア。悠利は彼女が告げた言葉を口の中で何度か繰り返す。擬態、それは本来の自分とは違う、他のものに紛れるための姿である。

ちなみに悠利にとって最も身近な擬態といえば、本日の同行者にもいる人魚のイレイシア。彼女は人魚であるが、こうして陸上を移動するときは二本の足で歩いている。海や川など水のある場所では人魚らしく下半身は魚であるが、一定年齢以上の人魚にはこうして尾鰭《おひれ》を足にする擬態能力が備わるのだという。

つまりはワーキャット達も同じだと察することは出来た。しかし、何故そうしているのかはよく解らないので、やっぱり首を傾げたままである。

そんな悠利の姿に、フィーアは追加で説明をしてくれた。

「一定年齢を超えたワーキャットには、獣人のような姿に擬態する能力がございます。今、擬態している彼らは、これから行商で外へ出て行く者達です」

「行商で外に……。ワーキャットのままじゃダメなんですか？」

「ダメというわけではないのですが、場所によってはワーキャットであることで余計なトラブルが生じることがあるのです。王都のように様々な種族の見られる土地では特に問題はないんですけれど」

そう言ってフィーアはちょっと困ったように微笑んだ。自分達は何もしていなくとも、トラブルに巻き込まれる可能性がある。だから、それを避けるために擬態という能力を用いて、獣人に扮《ふん》して移動する。何とも不便な話である。

その話を聞いて、悠利はちょっとだけ、何だか嫌な気分になった。ワーキャットの皆さんは確かに見た目こそ二足歩行する猫で、見慣れていないと驚くこともあるだろう。しかし、中身は悠利達と何も変わらない普通の優しい人たちだ。見た目だけで判断する人ってどこにでもいるんだなぁと、ちょっと遠い目をする悠利であった。

悠利のもやもやを察したのか、フィーアは慌てたように言葉を続けた。その表情は穏やかだ。

「ああ、勿論取引先の方々には、私共がワーキャットであることは伝えてありますし、あちらもそれは解っていらっしゃいますよ」

「そうなんですか？」

「ええ、ああして擬態するのは、どちらかというと道中の危険を避けるためです」

「道中の危険……？」

「場所によっては、私達のような姿のものは魔物と間違われることもありますから」

「魔物はお洋服着ないと思うんですけどね、僕」

「そうですよね」

悠利の素朴な意見に、フィーアはころころと笑った。確かにと悠利の背後で仲間達もうなずいていた。

ワーキャットやワーウルフのような二足歩行する動物の姿をした種族は、多々いる。そして、それらをより凶悪にしたような見た目の魔物もいる。

しかし、往々にして魔物達はあくまで魔物である。知性を持つものは時々いるが、人のような文化的な生活は送っていないので、基本的に服は着ていない。毛むくじゃらのまんまである。そこを考えれば、人と同じように服を着て文化的な装いをしているワーキャットを見て魔物と判断するのは、何も考えていないなぁと思えるのだ。

まあ、早い話がワーキャット達は道中のトラブルを避けるために擬態という能力を使っているだけである。取引先との関係は良好。そういう意味では別段問題はどこにもない。そういった説明を受けて、悠利はホッと胸をなで下ろした。知り合いの種族が迫害されるのは嬉《うれ》しくない。なので、少なくとも取引先とは関係が良好だと聞いて嬉しかったのだ。

そうして雑談を交わしながら歩いていくと、街並みの最奥に大きな屋敷が見えた。実に立派なお屋敷である。

聞かなくても解る。これが里長の屋敷であろう。流石《さすが》は里を束ねる里長様のお屋敷。すごく立派だなぁと思っていた悠利《ゆうり》の耳に元気な声が聞こえ、そしてドスと何かが悠利の腹に激突した。

「ゆーり！」

「うっ……！」

「若様！　皆様と一緒にお迎えなのですから大人しくと申し上げたでしょう！」

「若様、話を全然聞いてませんでしたね！」

悠利のお腹《なか》に突撃をしてきたのは、今日も今日とて自由な若様である。友達の姿を見たら、我慢出来なくなったらしい。なお、それなりの勢いで突撃された悠利が倒れなかったのは、アリーが咄《とっ》嗟《さ》に腕で支えてくれたからである。

悠利のお腹に顔を埋《うず》め、抱きつき、ご機嫌の小さな生き物。金茶色の毛並みの子猫を見下ろして、悠利は苦笑してから口を開いた。

「こんにちは」

「こんにちは！」

悠利の言葉に、リディは満面の笑みで応《こた》えた。側で聞こえる小言を完全にスルーしている。悠利に会えたことが嬉しいと全身で表現している。

そんなリディの姿に、護衛役である茶猫の青年クレストも、学友である赤猫の少年エトルも盛大なため息をついた。悠利達を案内していたフィーアも一緒になっている。……常日頃若様のお側に控える三人は、安定の若様に頭を抱えている。

　そして今日は、ため息をついているのはその二人だけではなかった。リディと同じような金茶色の毛並みを持ったワーキャットの男性と、その傍らに控える淡いグレーの毛並みのワーキャットの女性が困ったような顔をしていた。

　この状況、その立ち位置はまあまず間違いなくリディの両親だろうと判断して、悠利はぺこりと頭を下げた。困ったような顔をしていた二人は、悠利のお辞儀に気づき、ぺこりと頭を下げてくれた。子供の自由奔放さには、大人も手を焼くのだろう。

「リディ、皆様をお迎えするのなら、ちゃんとお迎えしなければいけませんよ」

「ははうえ」

「さ、こちらへ」

「はい」

　それでも普段なら我が儘《まま》いっぱいに自分のやりたいことしか通さない若様が、今日は随分と素直であった。やはり母親には弱いのだろうか？　てててーっと母親の下へ戻った。リディは両親の間に立って妙に澄まし顔である。余所《よそ》行きの顔とでも言おうか。

　もう既に突撃してるから、今更キリッとしても台無しなんだよなぁと思った気持ちを悠利はそっと心にしまった。ここで迂闊《うかつ》なことを言って若様の機嫌を損ねるのは悪手である。

「ようこそお越しくださいました。この度は息子の我が儘に付き合っていただいてありがとうございます」

「いえ、こちらこそ、得難い経験をさせてもらえるとありがたく思っております」

里長であろうリディの父親の言葉に、アリーはそう答えた。確かに数日かけてここへやってくるというのは、予定の調整もあってそれなりに手間はかかった。しかし、それを差し引いても滅多にない経験をさせてもらえるというありがたさはあるのだ。異文化交流は大事である。

特に、見習い組や訓練生に経験を積ませるという意味では、大変ありがたい。実際に依頼などで接することはあったとしても、そのときは仕事だ。交流は二の次で仕事をしなければならないので、異文化交流に割く時間は少なくなる。

経験とは、金で買えない財産の一つだ。知識と同じで、知っているということ、体験したということは、記憶に残りやすい。それらは誰かに奪われるものではないので、課外授業めいたことが出来るならば、《真紅の山猫《スカーレット・リンクス》》としてもありがたいのだ。

「まずはお休みになる部屋へ案内させましょう。荷物を整理されましたら、夕飯までゆっくりとお過ごしください」

「痛み入ります」

皆を代表してアリーが頭を下げる。それにならうように悠利達もぺこりと頭を下げた。

今回悠利達は、里長の客人という扱いになる。ワーキャットの里には一応宿屋もあるらしいのだが、悠利達は里長の屋敷に泊まらせてもらえることになった。大きなお屋敷でのお泊まりである。ちょっとわくわくしている悠利だった。

案内をされている途中、悠利の隣を陣取っている若様が口を開いた。くいくいと悠利の袖《そで》を引っ張って注意を引いてから、ちゃんと悠利の目を見て話しかける。

「ゆーり、いっしょにねよう」

「え？　リディと同じ部屋でお泊まり出来るの？」

「いっしょだと、きっとたのしい」

楽しみと言いたげに顔をキラキラと輝かせる若様。その言葉に、悠利はちらりと案内をしてくれているフィーアや、若様の側《そば》に従っているクレストへと視線を向けた。ここでエトルに視線を向けないのは、子供の管轄じゃないよねと思ったからだ。

そしてそんな悠利の視線の意味を理解して、世話役のフィーアはきっぱりと言いきった。

「若様は自室でお休みです。お泊まりは出来ません」

「なんで⁉」

「里長からもそのように言われておりましたでしょう？　ご迷惑になりますから」

「めいわくじゃ、ない！」

「若様、ちゃんと一人で起きられるようになってからです」

「うぐぅ……」

ズバッと言い切ったフィーアの言葉に、リディは呻《うめ》いた。自由で我が儘が持ち味の若様であるが、今の一撃は効いたらしい。「……わかった」と答える声は沈んでいた。

そんな風に沈んでしまった若様に声をかけたのは、カミールだった。何だかんだでリディとも仲良し枠に認定されている彼は、持ち前の社交性で落ちこんだ若様を励ますことにしたらしい。

「一緒に寝るのは無理でもさ、寝るまでの時間部屋でお喋《しゃべ》りとかは出来るんじゃないか？」

「おしゃべり？」

「そう。昼間は一緒に勉強とか交流とかして、夜は部屋でお喋り。きっと楽しいぞー」

「……たのしそう！」

一瞬で若様の機嫌が直った。それならいいよね？　と窺《うかが》うように視線を向けられたフィーアとクレストは、顔を見合わせた後にこくりと頷《うなず》いた。ただし、悠利達の迷惑にならないのなら、という条件付きだ。

とりあえず許可が出たので、ご機嫌になった若様。さぁ、家の中を案内するぞ！　みたいなテンションで元気に歩いていく。その背中を、悠利達は微笑《ほほえ》ましげに見つめるのであった。

そんなこんなでワーキャットの里での課外授業が、楽しく愉快に始まるようです。

◇◇◇

ワーキャットの里の特産品は、立派な鮭《さけ》である。森に囲まれているワーキャットの里なのであるが、その森の奥にある川で鮭を養殖しているのだという。そんなわけで、おもてなしとして用意された本日の夕食は、鮭尽くしだった。

ちなみに食事の時間までは自由時間ということで皆思い思いに過ごしていたのだが、悠利とアロール、マリア、リヒトの四人は里長ご夫妻に呼ばれてお話をしていた。具体的に言うと、リディ誘拐未遂事件のときの感謝を述べられていたのだ。彼等《かれら》がいなければリディは誘拐されていたかもしれないので。

可愛《かわい》い息子を守って貰《もら》ったということで、里長ご夫妻はこちらが恐縮するほどに低姿勢だった。その上、謝礼をと言いだしたので、全員で丁重にお断りしておいた。そもそも何も起きないようにと同行していたのに巻き込まれたのだから、こちらの不手際でもあるのだ。後、あんまり大事にしたくなかったので。

悠利達のその小市民的な発想は何とか受け入れられ、ご夫妻の感謝の言葉を受け取るというだけで落ち着いた。うっかりここでゴーサインを出したら、滞在中ずっと「若様をお救いくださった皆様」みたいな扱いを受ける可能性がある。御免被りたかったのである。

そんな風に悠利としてはちょっぴり疲れるイベントはあったものの、今は待望の晩ご飯である。悠利は作るのも好きだが食べるのも大好きだ。そして、その土地その土地の美味しい料理に興味津々である。

「すっげー、鮭ばっかり」

「あの鮭美味しいもんねぇ」

「解《わか》る。肉厚で脂のってて最高」

「どんな料理か楽しみだね」

「おう」

隣同士の席に座っているカミールと悠利は、小声でぼそぼそと言葉を交わした。ワーキャットの里の特産品である鮭の美味しさはそれはもうよく知っている。お土産で二度も貰っているのだし。

だからこそ、それを所謂《いわゆる》本場であるワーキャットの里の人々がどんな料理に仕上げてくるのかが楽しみなのだ。

既に、美味しそうな匂いが充満している。テーブルの上に並ぶ料理の数々は、実に魅惑的であった。あちらこちらでお腹《なか》がくぅと鳴る音が聞こえる。

その音が聞こえるのと、配膳《はいぜん》が完了するのがほぼ同時。晩餐《ばんさん》の主宰である里長が、皆に向けて口を開いた。

「お待たせして申し訳ない。それでは、今から食事にしたいと思います。お代わりは随時給仕の者に申しつけてください」

その言葉を皮切りに、食事が始まった。一応よそ様にお呼ばれということでいつもほどがっついてはいないものの、そこはやはり食べ盛りが大半の一行である。用意された料理にうきうきわくわくで手を出す姿は、どこか微笑ましかった。

なお、この晩餐に同席しているのは里長夫妻とリディのみである。フィーアはリディの世話役として食事のサポートをしているし、クレストはそのリディの護衛なので後ろに控えている。しかしその二人はあくまでも職務を果たしているだけなので、食事に参加しているとは言えない。

リディの学友であるエトルは既に家に戻っているそうで、この場にはいなかった。だからだろうか。せっかく悠利達がいるのに両親の傍《かたわ》らの定位置から動けないリディは、少しだけ不服そうだった。それでも文句を言わずに食事をしているので、当人なりに我慢しているのだろう。

それを視界の端に留《とど》めつつ、悠利は目の前の料理へと箸《はし》を伸ばした。フォークやスプーン、ナイフも置かれているが、箸も準備されているというありがたい状態である。育った環境で使いやすい食器が違うので、各々が使いやすいものを使っている。

悠利が最初に手に取ったのは、深皿に入ったスープだ。スープと言うには具がごろりとしており、お汁の量が少なめに感じる。どちらかというと具材を食べるためにスープがかかっているという感じだろうか。

それは、どう見ても悠利がよく知っている料理に似ていた。形こそちょっぴり違ってころんと丸くなっているが、小麦粉で作った皮で包まれた物体とスープの取り合わせが、悠利にある料理を思い出させたのだ。

「……水餃子《すいぎょうざ》みたい」

ぽそりと呟《つぶや》いた言葉は誰の耳にも届いていなかった。というか、皆も食事に勤《いそ》しんでいるので、他人のことに構っていられないのだろう。目の前の料理は悠利の記憶にある水餃子のもっちりした見た目によく似ていた。

こっちの世界にも餃子ってあるのかな？　と思いながら、悠利はむにっとした食感のそれを箸で摘《つ》まんで口へと運んだ。囓《かじ》ると、もっちりとした皮の部分の食感と、中に詰まったミンチの味わいが広がる。それは肉ではなく、魚の旨味だった。

水餃子のような何かの中身は、鮭だった。タマネギと鮭を細かくして混ぜ合わせているらしい。その種を小麦粉の皮で包んで茹《ゆ》でて、スープをかけてあるらしい。スープはコンソメのようなすっきりとした味わいだが、バターが落とされているらしくまろやかに仕上がっている。

脂がのって肉厚、旨味が濃厚な鮭の身は、ミンチにしてもその味わいを失っていない。塩胡椒《こしょう》と恐らくはニンニクと少量のハーブで味付けされているのだろう。すっきりとしながらコクのある美味しさで、もちもちした皮の食感とあいまって幾らでも食べられそうだ。

「もちもち、美味しい……。これって何て料理なんだろう……」

「そちらはペリメニという料理です」

「え？　あ、ありがとうございます」

「他に何か気になることはございますか？」

「このペリメニって、具材は何でも良《い》いんですか？」

「はい。ただここでは鮭で作ることが多いので、ペリメニというと鮭になります」

「そうなんですね」

悠利《ゆうり》のグラスにお代わりの水を注いでくれていた給仕のお姉さんが、丁寧に教えてくれる。優しい、と悠利は嬉《うれ》しくなった。独り言のつもりだったのに答えてくれるなんて、とても親切だ、と。

そんな悠利に対して、給仕のお姉さんは楽しそうに笑った。

「若様から、ユーリさんはお料理がお好きだと伺っております。気になることがありましたら、近くにいる給仕の者におたずねくださいね」

「……わぁ」

「それでは、失礼します」

「はい、ありがとうございました」

まさかの展開に、悠利はちょっと顔を赤くした。確かにお料理は大好きだし、気になったら聞きたくなってしまう。でも、こんな風に先回りされていると、ちょっと照れてしまうのだ。

悠利がチラリとリディの方を見たら、二人の会話は聞こえていなかったのだろうに、若様はふふんとドヤ顔をしていた。どうだ、僕はちゃんと友達のことを解っているんだぞ、とでも言いたげな顔である。その顔を見ると何も言えなくなる悠利だった。

悠利がもちもち美味しいペリメニを「水餃子みたいだから作れるかなぁ……。あぁでも、皮から作るとなると、人数分の確保が難しそう……」などという現実を考えながら食べている間も、周囲では大皿の料理をわいわいがやがや言いながら仲間達が食べている。

本日の目玉なのだろう料理は、大皿にどーんと盛られた鮭と野菜の蒸し焼きだ。バターの香りがぶわっと広がっており、もはや匂いの暴力である。そして、バターの他に馴染《なじ》んだ香りがするのは、味噌《みそ》だった。

ちなみに悠利がその大皿料理に急いで手を伸ばさなかったのには、理由がある。何となくその料理をしっている気がしたからだ。匂いから味の想像がつくとも言う。

だってどう見てもそれは、ちゃんちゃん焼きなのだ。鮭と野菜をバターと味噌などで味付けした蒸し焼き料理。物凄《ものすご》く見覚えがある。見覚えがあるので、そこまで飛びつこうと思わなかっただけである。勿論《もちろん》後でちゃんと食べるつもりでいるが。

「魚と野菜の蒸し焼きってあっさりするかと思ったけど、バターが濃厚で美味しいわねぇ～」

そう言いながらひょいひょいと蒸し焼きを頬張《ほおば》っているのはマリアだった。妖艶《ようえん》美女のお姉さんはほっそりとした外見だがそこそこ食べる。肉厚ジューシーな鮭と、同じく肉厚な茄子《なす》やズッキーニを食べてご満悦である。

鮭の脂とバターが溶け合い、それを味噌が包み込む。魚と野菜、それも蒸し焼きとなれば確かにヘルシーなイメージだが、バターと味噌のコンボで濃厚な味わいになっている。味噌の旨味を余すことなく受け止めた鮭は、箸の進む濃厚なおかずとなっていた。

噛《か》めばじゅわりと脂が広がるだけでなく、ほろほろと崩れる身の食感が何とも言えない。そこそこ大きな切り身で焼かれているので、小皿に取り分けてから解《ほぐ》して食べる楽しみがある。一口サイズの鮭を頬張るのも美味しいが、身を解して食べる美味しさもまた格別である。

それは他の面々も同じだったのか、鮭だけでなく野菜もさくさく食べていた。ただ蒸し焼きにしただけでなく、調味料と鮭の旨味が合わさっているからだろう。このままでとても美味しいという雰囲気だった。

そこでふと気付いたと言いたげに口を開いたのは、ジェイクだった。普段はそんなに食事に関して口を挟まない学者先生の行動に、皆がどうしたのかと首を傾《かし》げる。

「こちらの鮭の蒸し焼き、大変美味しいんですが、一つお伺いしてもよろしいですか？」

「えぇ、構いません」

ジェイクが問いかけたのは里長に対してだった。アリーと談笑をしていた里長は、突然の質問にも気を悪くした風もなく会話を切り替えてくれる。優しい。

「使われている調味料に味噌があるようですけれど、この里では以前から味噌をお使いに？」

ジェイクの疑問は、王都とワーキャットの里の距離が近いことにあった。馬車で数日の距離である。だというのに、王都で味噌が出回り始めたのはつい最近のことだ。正確には、行商人のハローズおじさんが仕入れてきて、悠利が食いついた結果広がっている。

その疑問に、里長は不思議そうな顔をしながらも答えてくれた。

「交易先から仕入れている調味料ですね。そちらの方で魚と野菜をこのように蒸し焼きにすると美味しいと教わって、里でも作るようになりました」

「ではこの料理は、その交易先の、味噌を作っている地域の料理ということですか？」

「そうなります。手軽に大量に作れるとあって、すぐに里中に広まりまして」

今では定番料理になっています、と続けられた言葉に、なるほどなーと頷く一同。調味料と一緒に料理のレシピを教えてもらえたら、確かに助かる。というか、そうでないと調味料の使い方が解らず困る。

その上ここは、特産品が鮭。丁度良かったのだろう。そのおかげでこの美味しい料理が食べられるのかと、一同は良い連鎖反応だなぁと噛みしめていた。

そこへ、里長の妻であるリディの母親から、とある意見が飛び出した。

「それに、この料理にしますと、野菜嫌いの子供達も文句も言わずに野菜を食べてくれますので……」

「「…………」」

身も蓋《ふた》もない意見だった。どこでも一緒なんだそれ、と悠利は思った。

別に野菜が悪いわけではない。しかし、肉や魚、卵などに比べて、子供には野菜は魅力的ではないのだろう。その子供達でも美味しく食べられる料理というのは大切だ。

しかもこの蒸し焼き料理、ありがたいことに野菜を原形のまま美味しく食べることが出来る。ハンバーグなどに刻んで混ぜるとか、スープに刻んで入れるとかの手段もあるが、そうなると「野菜が入っていると気付かずに食べている」という状況になるのだ。

そうではなく、食べているものが野菜だとちゃんと理解した上で美味しく食べられる料理というのは、とても大事である。この蒸し焼き料理で野菜を美味しく食べられたのなら、他の料理でも食べるとっかかりになるからだ。あれなら食べられたでしょう？　からスタートするのは良いことである。

なお、そのセリフを口にしたリディの母親は、視線をリディへと向けていた。若様は美味しそうにペリメニを頬張っており、母親の視線には気付いていない。《真紅の山猫《スカーレット・リンクス》》で食事をしているときは特に好き嫌いはなさそうだったが、もしかしたらお野菜はあんまり……、だった時期があったのかもしれない。

まぁ子供って野菜嫌いの子多いしね、と悠利は軽く流した。悠利は子供の頃からお野菜大好きだったけれど、そうではない友人は多かった。仲間達だって、野菜は嫌いではないけれど肉の方に飛びつく面々が多い。多分そんなものである。

主食として用意されているのはパンだったが、同時に大皿にパスタも用意されていた。一口サイズに切った鮭《さけ》とたっぷりキノコのオイルパスタだ。味付けは塩胡椒とハーブ、ニンニクも利いている。しかし全体の味付けは控えめで鮭の旨味を生かしている。

「この鮭のパスタ、美味しいですね」

「あぁ、美味い。キノコとも相性バッチリだ」

「ついお代わりしちゃいますね」

「確かに」

にこにこ笑顔で告げるロイリスに、ミルレインも満面の笑みで応《こた》えた。他の料理も美味しいが、彼等《かれら》は特にこの鮭とキノコのオイルパスタを気に入っていた。オイルソースがパスタ全体に絡んでおり、パスタだけを食べても十分に美味しいのだ。

それに、ニンニクの風味が香るオイルには焼いた鮭の脂もたっぷりと染みこんでいて、口の中で旨味がじゅわっと広がる。あっさりしているように見えて、味という意味では大満足だ。

そんな二人の隣で、アロールは千切ったパンをパスタの残りのオイルソースに浸していた。柔らかなパンがオイルを吸い込んでいる。……そう、まるでアヒージョとバゲットのような食べ方である。

旨味を十分に吸い込んだパンをそろりと口へと運べば、柔らかなパンから美味しさが広がっていく。ふわふわとしたパンだからこそか、余すことなくオイルを吸い込んでいるのが良い塩梅《あんばい》だった。もしかしたら行儀が悪いかもしれないが、勿体《もったい》ないなと思ったのでこういう行動に出たアロールだった。

そして、アロールのそんな行動を見て、見習い組が嬉々《きき》として真似をしていた。彼等もオイルソースが美味しいのは解っているので、勿体ない精神が発動したのだろう。幸いなことに特に咎《とが》められることもなかったので、パスタとパンも順調に消費されていった。

「この鮭は、燻製《くんせい》でしょうか……？」

「スモークサーモンみたいな感じだね」

「美味しいですわ」

「美味しいねー」

サラダの上に載っているスモークサーモンのような鮭の燻製に、イレイシアと悠利は笑顔になる。生も大好きな二人なので、柔らかな食感の残る燻製は大変好みであった。ほんのりとした塩気も抜群だ。

サラダ自体はシンプルなのだが、そこに鮭の燻製があるからこその豪華さがあった。ここも鮭なんだ、ともぐもぐと食べながら悠利は思う。野菜やキノコがあるとはいえ、基本的に全ての料理が鮭である。特産品強いな、と思った。

そして、確かに鮭ばっかりではあるのだが、味付けや調理方法が異なるので飽きは来ない。それは他の面々も同じなようで、鮭料理を食べ慣れているであろうリディも美味しそうにもりもりと食べている。自由な若様は、きっと口に合わないとか飽きた料理だったらもういらないと言いそうなので。

悠利の視線の先、リディは小さな身体《からだ》でもりもりと料理を食べていた。どうやら、鮭料理はリディの好物らしい。まぁ確かに、悠利へのお土産として鮭を持ってきていたが、二度とも今すぐ何か食べたい状態だったのを覚えている。美味しい料理にしてくれるという謎の信頼があったらしい。

そんなことを思いながら、悠利は美味しい鮭料理を堪能《たんのう》するのだった。

……なお、大量の料理が用意されていたが、流石《さすが》身体が資本で食べ盛りの冒険者達。綺麗《きれい》に全部食べ尽くし、喜んでもらえて良かったという里長様からのお言葉をいただくのでした。

◇◇◇

明けて翌日。ぐっすりと寝たことで旅の疲れも取れた悠利達は、里の一角、広場になっている場所にいた。せっかくワーキャットの里に来たのだから、里の住人と交流を深めてもらおう。そんな意味合いで用意された時間であるが、交流会というよりはお遊びであった。

何せ、交流会メンバーの筆頭が若様である。お子様代表とでも言うべきリディが頂点なのだから、集められているのも基本的に子供だった。子供達と遊びながら里に馴染んで貰《もら》えば良いということらしい。

下はリディと同じぐらいの幼児から、上は見習い組と同年代の十代前半頃まで幅広く集まってくれている。中には勉強や家の手伝い、修業などがあるということで不参加の子供達もいるが、里の大半の子供達がこの場に集まっていた。

別に無理強いをしたわけではない。ワーキャットの子供達は子供達で、普段見ることのない人間に興味津々なのだ。里の外に出ることも滅多にないので、人間の街はどんな風なのか、どんな生活をしているのかを知りたいらしい。子供はどこでも好奇心旺盛《おうせい》だ。

この場にいる《真紅の山猫》のメンバーは、アリーを除く全員である。アリーは里長と大人のお話があるらしく、席を外している。ジェイクは一応見守り役というポジションらしいが、誰も彼にそれが出来るとは思っていなかった。どうせ、知的好奇心で首を突っ込んでくるので。

主に子供達と交流しているのは見習い組と訓練生の若手、と言いたいところなのだが、大人枠であるマリアとリヒトの二人も何やかんやで子供達に囲まれていた。子供の好奇心は、大人が相手でも止《とど》まるところを知らないのだ。

「わー、お姉さん力持ち！　こんなに腕細いのに……！」

「うふふ。私はダンピールっていう種族なの。ヴァンパイアのお父様から力の強さを受け継いでいるのよ」

「ダンピールってなぁにー？」

「はじめてきいたー！」

見た目は妖艶美女のお姉様であるマリアだが、ダンピールは身体能力の高い種族だ。ワーキャットの子供達を軽々と担ぎ上げてはきゃっきゃと喜ばれている。見た目はちょっぴりシュールだが、当人達が楽しそうなので良いのだろう。多分。

色取り取りのワーキャットの子供達が、マリアを取り囲んでわいわい質問攻めにしている。特に、初めて聞いたダンピールという名称に「それ何？　それ何？」状態らしい。マリアはにこやかに微《ほほ》笑《え》みながら子供達に説明をしている。

「ダンピールというのは、お父さんかお母さんがヴァンパイアで、その能力を少しだけ受け継いで生まれる種族のことよ～」

「じゃあお姉さん、強いの？」

「ヴァンパイア強いんだよね？　お姉さんも強いってことだよね！」

「うふふ、そうねぇ。お姉さん、戦うの得意だし、結構強いわよ」

「「すごーい‼」」

微笑ましい会話であるが、「結構強いは事実でも、人の話を聞かないのはどうかと思う……」みたいな気分になった悠利《ゆうり》であった。なお、悠利よりも直接的にその影響を受けることが多いリヒトとラジは、物凄《ものすご》く微妙な顔をしていた。子供達の手前、口を挟むことはなかったが。

そのリヒトとラジも、同じようにワーキャット達に囲まれている。ラジは比較的幼い子供達に、リヒトは年かさの子供達に囲まれている感じだった。獣人と人間に対する興味の表れだろうか。

「おにーさん、ぼくらといっしょ？」

「擬態してるの？」

「違うよ。僕は獣人。あと、猫じゃなくて虎」

「獣人さん！」

「虎さん！」

どうやら獣人を見るのは初めてだったらしく、子供達はラジの言葉に一気にテンションが上がった。上がった結果、話をするために座っていたラジの身体をベタベタ触り始める。耳、尻尾《しっぽ》、手などが特に念入りに触られて、ラジは困ったような顔になる。

それでも、幼い子供達を邪険に扱うことは出来ないのだろう。しばらくは彼等にされるがままになっていた。少しして落ち着くと、子供達から質問が飛び出す。

「耳と尻尾だけ？」

「あぁ。獣の性質を残しているのは、耳と尻尾だけだよ。ただし、力が強かったり足が速かったりはちゃんとあるよ」

「擬態とそっくりー」

「そうだね。それは僕も驚いた。ワーキャットの擬態は獣人みたいだね」

「うん」

一通りもみくちゃにしたら落ち着いたのか、子供達は無理にラジに触ることもなく、楽しそうに談笑をしている。獣人には何が出来るのか、ワーキャットと何が違うのか。そんな子供らしい好奇心を炸裂《さくれつ》させていた。

その隣でリヒトは、比較的年齢層が高めの子供達を相手にしているので、実に穏やかに会話をしている。子供達の方も、大人に質問をするというスタンスなので礼儀正しい。……どうやら、外の世界や冒険者というものに興味があるらしい。

「基本的に冒険者ギルドの登録は十歳ぐらいから出来る。ただし、能力を認められない限りは、見習い扱いになるな。その状態で受けられる依頼は、近所の草むしりとかお使いとかだよ」

「そういう依頼もあるんですか？」

「ある。冒険者ギルドは何でも屋みたいなところがあるからな。水路の掃除とかもあるぞ」

「へー……」

「そうなんですね……」

冒険者のお仕事ってそういうのあるんだ、とふむふむと感心している子供達。同時に、それなら僕達でも出来そうなお仕事だよね、という空気があった。恐らく、普段手伝いなどでやっていることなのだろう。

ただし、冒険者として生活していくなら、そんな簡単な、子供のお手伝いレベルの依頼だけでは無理だ。生活費を稼ぐことを考えると、もう少し身体を張る依頼でないと収入として心許《こころもと》ない。しかし、子供相手にそんな世知辛い現実を伝えるのはアレなので、リヒトはその件については沈黙を守った。

交流会と言いつつ子供達の好奇心を満たすお遊び会みたいなものなので、悠利達が新しい情報を得るという雰囲気はない。どちらかというと気兼ねなく接することで、お互いに緊張せずに付き合えるようにしようという感じだろうか。

そんな中、わいわいがやがやとこちらとあちらが入り交じった感じで騒いでいる一団がある。見習い組と、遊び盛りの子供達の集団だ。悠利が視線を向ければ、小柄な身体でぴょんぴょん飛び跳ね、くるんとバク宙をしてのけるワーキャット達の姿が見える。流石は猫ということだろう。実に身軽な姿だった。

「わー、やっぱ猫だけあって、すっげー身軽だな」

「あと、身体もめっちゃ柔らかい」

「俺らじゃ無理な動きだなぁ……」

しみじみと感心したと言いたげなカミール、ヤック、ウルグスの発言に、ワーキャット達はえっへんと胸を張っている。別に彼等はこれといって鍛えているわけではない普通の子供達だ。しかし、持って生まれた身体能力をきちんと使いこなしているのである。

悠利はちらりと、自分の隣に座ってドヤ顔で皆を見守っているリディを見た。悠利の隣は自分の定位置だと言わんばかりに、誰にも譲らない。そして、子供達が悠利に話しかけると、僕の友達だぞと言わんばかりに後方友人顔である。若様は今日も自由です。

「ゆーり、なに？」

「えーっと、リディもあーゆーの出来るのかなって」

「とんでまわるのは、まだむり。あぶないからって、れんしゅうさせてくれないから」

「あ、そうなんだ」

身体の柔らかさは問題ないと言いたげに、ぺたんと身体を折り曲げたり、手足をぐいーっと曲げてみせるリディ。幼い子猫がそういう行動に出ると大変可愛《かわい》い。

目の前で飛んだり跳ねたり回ったりしている子猫達の中には、リディとそれほど年齢が変わらなそうな子達もいる。彼等がやっているのにリディが出来ないのは、周りの大人に危ないからと止められているからだという。やはりそこは、次代を担う里長のご子息という立場が影響しているのだろうか。

そんなことを考えた悠利の耳に、エトルの言葉が滑り込んだ。ちなみにエトルは、若様の隣に座っている。そこが彼の定位置なので。

「若様の場合、許可を出すと調子に乗って出来もしないことをやろうとするので、禁止されているんです」

「え、そっち……？」

「そちらです。ご存じの通り、すぐに調子に乗ってしまう方なので」

「えとる！」

「あー……。否定出来ないねぇ……」

「ゆーり⁉」

身も蓋《ふた》もないことを言いだした学友にリディが文句を言おうとするが、悠利は素直に同意した。悠利が同意したので、裏切られたみたいな顔でリディは友人を見る。お友達なのに、自分の味方をせずにエトルの味方をするのはどういうことだ⁉　という気持ちなのだろう。若様はすぐに顔に出る。

しかし、悠利としてもこの場合はエトルに同意するしか出来ないのだ。リディは我が儘《まま》で自由な若様子猫である。彼の性格は愛すべきものだし悠利はリディが好きだ。とはいえ、客観的に見て若様が調子に乗りやすいタイプなのは否定出来ない。そもそも、何かあるとしょっちゅうドヤ顔をしているし。

「リディ、現実は認めないとダメだよ。危ないことでも平気でやろうとするのは良くないし、周りの大人の言うことをちゃんと聞けるようにならないと……」

「ぼくは、ちゃんとしてる……！」

「うん。リディはリディなりにちゃんとしてるよね。でもきっと、大人の皆さんから見たら、まだ足りないんだよ」

「そんなばかな……」

「まだまだ成長あるのみだね」

ガーンという効果音でも聞こえてきそうなレベルでショックを受けているリディ。柔らかく諭すような悠利の言葉に、エトルも、傍《かたわ》らに控えているフィーアとクレストも、じっとリディを見守っていた。この言葉を、若様がどう受け止めるのかが気になっているのだ。

そして、リディはしばらくしてから口を開いた。心持ちキリッとした顔で。

「わかった。もっとちゃんとできるように、がんばる」

「偉いよリディ。応援してるね」

「うん！」

実に素直だった。お友達である悠利の言葉だから素直に受け入れたのだろう。同じことを言っても全然聞き入れてもらえなかった三人は、思わず目頭を押さえていた。あぁ、若様がちゃんと人の話を聞いている、と。

そう、この若様、割と悠利に言われると素直に従うのだ。結構チョロいところがある。多分、初めて出来た外部のお友達ということで、悠利が特別枠なのだろう。悠利と、ルークスと、収穫の箱庭のダンジョンマスター・マギサが、リディの何の利害関係も絡まない純粋なお友達である。なので彼らには素直だ。

　ちなみにそのお友達であるルークスはと言えば、ワーキャットの子供達にもみくちゃにされていた。スライムが珍しいのか、きゃいきゃいと一緒に遊んでいる。悠利がそれを放置しているのは、アロールが従魔のナージャと共にその一団にいるからだ。出来る十歳児と頼れる白蛇様がいるので問題ないのだ。

　そんな風にほのぼのとしていると、不意に見習い組と子供達の一団が騒がしくなった。身軽に飛び跳ねていた子猫達と張り合うように色々動いていたのだが、結局勝てなかったらしい。まぁ、猫の身体能力に勝つのは難しい。

「なぁ、俺らだと身軽さで全然敵《かな》わないけど、マグはどうなんだ？」

「……？」

「鬼ごっことかなら、マグはどうにか出来るんじゃないか？」

　楽しげにカミールが告げた言葉に、マグは首を傾《かし》げた。飛び跳ねるなどでは敵わなくとも、通路を選択して、時に身を隠しながら行う鬼ごっこであるならば、マグに勝機があるのではないかという意見だった。

　マグは隠密の技能《スキル》を持っているような、身を隠したり逃げたりするのが得意な少年だった。そういう意味では、良い勝負が出来るような気がしたのだ。

　その話を聞いた子供達は、ぱぁっと顔を輝かせた。鬼ごっこ楽しそう！　というオーラがダダ漏れだった。

「鬼ごっこ！　鬼ごっこしてくれるの？」

「一緒に鬼ごっこしよう！」

「……」

子供達の誘いに、マグはしばらく考え込む。考え込んで、そして、答えた。

「却下。下見」

「……え？　何？」

「下見」

「何なの……⁉」

それが理由だと言いたげに自信満々に言いきるマグに、子供達は混乱していた。そりゃ混乱するだろうなぁと思いながら、カミールとヤックはウルグスの肩を両側からぽんと叩《たた》いた。仕事してくれと言うように。

ウルグスは大きなため息を一つついて、ざわざわしている子供達に言葉をかけた。こいつ本当に相変わらず言葉が足りねぇんだよなぁ、と思いながら。

「悪いな。今すぐは無理だって言ってるんだ。まだこの街の下見が出来てないから、鬼ごっこをするにしても情報が足りないって」

「今の、そういう意味だったの⁉」

「お兄ちゃん何で解《わか》るの……⁉」

「……まぁ、慣れ？」

「『すごい‼』」

あの短い言葉と無表情からここまで読み取れるの凄《すご》い！　と盛り上がる子供達。アレは確かに凄いよなぁ、とカミールとヤックも同意する。なお、マグは当たり前のことなのに何でそんなに大騒ぎしているんだ？　みたいな雰囲気を出していた。当たり前じゃないです。

とりあえず気を取り直した子供達の一人が、マグの腕を掴《つか》んで口を開いた。その顔は実に楽しそうだった。

「じゃあ、今から皆で下見に行こう！　それが終わったら、鬼ごっこ！」

「そっちのお兄ちゃん達も一緒に！」

「…………諾？」

「おーし、解った。こんな風にぐいぐい来られるの珍しくて困ってんの解ったから、俺らの顔色をうかがって返事すんじゃねぇよ」

「…………否！」

「蹴《け》るな！」

慣れない状況に一瞬困惑していたマグだが、ウルグスの言葉にイラッとしたように蹴りを入れた。いつものやりとりが始まってぎゃーぎゃーやりあう二人をスルーして、カミールとヤックは子供達に下見に行こうと声をかけていた。……いつものことなので。

そしてそのわちゃわちゃのまま、見習い組と遊び盛りの子供達の一団は里の下見に飛び出していった。別にずっとこの広場にいろというわけではないので、行動は自由だ。里の子供達と一緒なので、咎《とが》められることもないだろう。賑《にぎ》やかに去っていく一団を、ひらひらと手を振って見送る悠利《ゆうり》だった。

そんな風に大半は遊んでいるに等しいのだが、中には真面目に異文化交流をやっている面々もいる。イレイシア、ミルレイン、ロイリスの三人だ。彼等《かれら》はそれぞれちょっと特殊な職業《ジョブ》なので、それもあって異文化交流に熱心なのだろう。

吟遊詩人のイレイシアは、将来のためにも様々な文化に触れ、様々な歌に触れることを目標にしている。身を守るための、旅をするための知識を身につけるというのもあるが、多種多様な人材が身を置く《真紅の山猫《スカーレット・リンクス》》に所属するというだけでも、彼女にとっては十分な勉強になるのだ。

なので今も、比較的年齢層高めの子供達から、ワーキャットの間で流行《はや》っている歌や、彼等が好むものについて聞いている。その種族の好きなものを知ることで、歌を聴かせたときに不快に思わせない言い回しが出来るようになるからだ。

「つまり皆様は、ふわふわしたものや、軽やかに動くものがお好きなんですね」

「うん。硬いのやつるつるしたのはあんまり好きじゃない。触っても楽しくないから」

「確かに、ふわふわしたものは手触りが素敵ですものね」

「そう」

話はふんわりとした好みの話に移動していた。やはり猫だからだろうか。つるつるとしたものよりも、ふわふわの方が触り心地が好《い》いのだという。また、軽やかに動くものということは、目の前でひらひらと動く何かを見ていると楽しいということだろうか。

その辺りは猫と似ていますのね、とイレイシアは口に出さずに考えた。気まぐれで楽しいことが大好きな動物の猫に比べれば、ワーキャット達は理性的だ。文化的な生活を営むことが出来るぐらいにはきちんとしている。それでも、ざっくりとした好みはやはり猫っぽいらしい。

「あ、つるつるはあんまり好きじゃないけど、ひんやりのつるつるは好きだよ」

「ひんやりのつるつる……？」

「暑い日にね、つるつるの冷たい床の上に転がるのとか気持ち好い」

「わかるー！」

「アレは最高だよね」

うんうんと仲間内で頷《うなず》き合うワーキャット達。どうやら、猫らしく暑いのはあまり好きではないらしい。なので、そんな日に冷たい床に転がると心地好いのだとか。その辺りも猫みたいだとイレイシアは思った。

なお、他に彼女が手に入れた情報は、ワーキャットは騒音や甲高い音を好まないということだった。聴覚が優れているからだろう。大きな音も、無意味に高い音も、耳が痛くなるらしい。ワーキャットを相手にするときは、その辺りも考えて歌を選ばなければと思うイレイシアだった。

ミルレインはと言うと、鍛冶士《かじし》としての観点から、どういう道具が使いやすいのかという話を聞いている。彼女は基本的に武器を作るタイプの鍛冶士であるが、武器以外のものも作れる。例えば包丁とか、畑仕事に使う道具とか。庶民相手ならばそちらの方が需要としては大きいだろう。

「別に難しいことはいいんだ。ただ、家にある道具で使いやすいとかあるかなって」

「んー、人間用のがどういうのか解んないけど、滑りにくいようには作ってある」

「そうそう。握れるけど、肉球あるけど、滑るときは滑るし」

「あぁ、滑り止めな。それは確かに、刃物の類いなら重要だ」

ふむふむと納得しているミルレイン。握り手の部分に滑り止めを作るというのは、別にどの種族でも変わらない。確かに重要なことだと満足げである。

そんなミルレインに、家が近所だという子供が家で使うスコップを持ってきた。子供用のスコップだと言って渡されたそれを見て、ミルレインは思わず目を点にする。

「……これ、何か持つところに変なくぼみがあるんだけど」

「これが、滑り止め」

「このくぼみが？」

首を傾げるミルレインの前で、スコップを持ってきた子供はぎゅっとスコップを握ってみせる。ミルレインには何のためにあるのか解らなかったくぼみだが、子供が握るときちんとフィットしているように見えた。

それでもよく解らないと言いたげなミルレインに、子供は言葉でも説明してくれる。丁寧に、指を持ち手から一本外して見せながら。

「このくぼみ、ちょうど肉球が入るようになってて、そこに滑り止めがあるの」

「肉球用のくぼみだったのか！」

「全体じゃなくて、この肉球のところだけ滑り止めの素材が使われてるんだよ。ぎゅってすると安定するの」

「なるほど……。見せて貰《もら》っても良《い》いか？」

「良いよー」

お姉ちゃん仕事熱心だねぇ、と子供達は楽しそうだ。彼等にとってはごく普通の工夫でも、ワーキャットと交流のなかったミルレインには驚きの工夫なのである。持ち手全体に滑り止めを付けるのではなく、あえて肉球の部分だけにしてある。そうすることで、持ち手全体の手触りは向上しているようだ。

山の民のミルレインが握っても、その滑り止めの恩恵にはあずかれない。肉球部分がすぽっと収まるようになっているのだから当然だ。同時に、これは子供用だと言われた理由も解った。大人になると手も大きくなるので、肉球のサイズも変わるからだ。

しかしそれは、普通の道具でも同じことだ。手の大きさ、身体《からだ》の大きさに合わせて、道具は買い換えて使う方が良い。中には年齢性別問わずに使えるような道具もあるだろうが、やはり力を込めやすかったり使いやすい道具というのは、サイズの合ったものである。これは多分、種族も性別も関係ない。万国共通のはずだ。

「お姉ちゃん物作りに興味があるなら、うち来る？」

「え？」

「こいつの家、鍛冶屋だよ」

「父ちゃんならもっと詳しく解ると思う」

「良いのか⁉」

「俺らも楽しいから良いよー」

「うん、楽しいし」

「じゃあ頼む！」

　そこで話がまとまって、ミルレインは男の子を中心とした集団と一緒に走っていった。子供達も楽しそうなので、コレも異文化交流だろう。多分。……多分。

　ちなみに、似たような流れになりそうなのがロイリスと彼の周りにいる女の子達だった。細工師見習いのロイリスは、ワーキャットの里ではどういった細工物が人気かを聞いていて、女子と話が弾んでいるのだ。

「最近の流行はあまり細かくないシンプルな意匠なんですね」

「植物モチーフが流行ってるよー」

「植物、良いですよね。季節毎《ごと》に使い分けたり、地域によって馴染《なじ》みのある意匠が違ったりしますし」

「おにいさんは、どういうのがつくれるのー？」

「僕は細かい細工の方が得意なんです」

　ロイリスが得手とするのは繊細で細かい細工物だ。丁寧に作られたそれらは文句なしに美しいが、今ワーキャットの里で流行っているのがシンプルなものだとするなら、ちょっと分野が異なるかもしれない。

しかし、植物モチーフについて話している姿は楽しそうだ。モチーフにするということは、現物をよく見た上でデフォルメしなければならない。細工物を作る腕前もだが、想像して形にする発想というのも大事だ。それらは経験と共にセンスが必要になる。

そんな会話の後、ロイリスと少女達の集団は実際に細工物を見に行こうと去っていった。少女達の家にあるものを見たり、雑貨屋や装飾品を取り扱う店へ向かったのである。口で説明するより実際に見た方が早いということらしい。賑やかな話し声がしばらく聞こえていた。

そうやって皆が移動していくのを見送りつつ、悠利はまったりとしていた。隣のリディやエトルと会話をする程度の、のんびりとした時間である。仲間達の交流を傍観していると言っても過言ではない。

何故そんなことになっているかと言えば、子供達が必要以上に悠利に近付いて仲良くすると、リディがちょっぴり不機嫌になるからだ。挨拶《あいさつ》をしたり、ちょっと会話をするぐらいは良いのだが、他の集団みたいに話が盛り上がってリディをそっちのけにすると、目に見えて若様の機嫌が急降下するのである。

子供達もそれを察して、悠利とは当たり障りのない交流で終わっていた。まぁ、少し寂しいと思わなくもないが、悠利に会いたいと思って遊びに来てと誘ってくれたリディが隣にいるのだ。会話には事欠かない。

「リディは皆と一緒に走り回ったりしないの？」

「しない」

「そうなんだ」

「あぶないのと、なんか、たちばがちがうんだって」

「立場」

「うん、たちば」

面倒くさいと言いたげに、リディは足をぶらぶらさせていた。そんな若様の姿に、エトルも、フィーアも、クレストも、そっと視線を逸《そ》らした。里長様のご子息、それも次代を担う跡継ぎ様という立場は、子供相手でも気軽な交流が許されないらしい。

まぁ、だからこその学友のエトルであり、何の気兼ねもなくお友達になった悠利をリディが大好きになっているのだが。なお、悠利は大好きなお友達だが、カミールとアロールのこともほぼお友達枠に入れている若様である。遊んでくれるので。

「若様って大変だねぇ」

「そう、ぼくはたいへんなんだ」

「お勉強もあるし？」

「……そう」

「若様は油断するとすぐに勉強を放り投げて遊びますけどね」

「えとる！」

さらりと暴露するエトルに、リディは噛《か》みつくように叫んだ。しかしエトルはどこ吹く風。本当のことじゃないですかと言いたげだ。にゃーにゃー言いながら怒るリディと、ちゃんと勉強すれば良いだけですときっぱり言いきるエトル。悠利が見慣れた、いつもの二人だ。

……こんな風にエトルは、リディがちょっぴり沈みそうになるといつものやりとりに戻しているのだろう。沈んでいるリディはらしくなくて、見ているのが辛くなる。きっと、若様のご学友という立場だけでなく、彼は何だかんだでリディのことが大好きなのだ。

そんな二人の姿を眺めて、こういう関係も良いよねと思う悠利だった。友情の形は幾つもある。若様と学友だったとしても、彼等はとても仲が良いのだから。

子供達との楽しい交流会で得た情報は、その後《真紅の山猫》の面々同士で共有されるのでした。主に楽しかった感想として、ですが。

◇◇◇

ワーキャットの里の次代様、若様であるリディはお勉強が嫌いである。それはもう、お子様らしいというレベルで、お勉強が嫌いだ。基本的に学友であるエトルと共に家庭教師に学んでいるのだが、油断すると逃走する程度にはお勉強嫌いだ。

また、逃走しなくても勉強せずにやる気ゼロでぐでぐでしたりするらしい。勉強が必要だとは解《わか》っていても、楽しくないからやりたくないということらしい。遊び盛りのお子様であるリディにしてみれば、それこそが何よりの真理なのだろう。それで勉強が免除されたりはしないが。

午前中にワーキャットの子供達とたんまり遊んだ《真紅の山猫》《スカーレット・リンクス》一行は、昼食を食べてから午後は座学であった。そしてその場に、リディとエトルも同席していた。

「それでは今日は、ワーキャットについてお勉強しましょう」

穏やかにそう告げたのはジェイク。彼は本日のお勉強の先生役だ。居並ぶ《真紅の山猫》の面々、アリー以外の仲間達を見てにっこりと笑う。

そしてその視線は、何で自分がここにと言いたげなリディへと向けられる。ワーキャットの若様であるリディにとって、ワーキャットのお勉強なんて今更なのである。……まぁ、リディ達里長一家はロイヤルワーキャットという上位種だが。

ちょっぴり不満そうなリディに向けて、ジェイクは笑顔のままでこう告げた。

「ワーキャットのリディくんとエトルくんにとっては、知っていることばかりになるかもしれませんね。なので、周囲の皆が解らなくて困っていたら教えてあげてくれますか？」

「おしえる？」

「はい。僕は全体に向けて話をしますから、誰かが困っていたら助けてあげてください。お願い出来ますか」

「まかせろ！」

「微力ながらお手伝いします」

「よろしくお願いしますね」

若様は自信満々に、エトルは控えめに、ジェイクの提案を受け入れた。自分がお勉強するのではなく、皆を手伝うポジションだと思えばやる気が出るらしい若様は、安定の若様であった。

ちなみにリディは悠利《ゆうり》とカミールの間に陣取っている。両脇をお友達にしてご満悦の若様である。そしてエトルはカミールの反対側に座っている。少しでも若様に近い場所にいるのは、何かあったときにツッコミを入れるためだ。ご学友は大変なのである。

とりあえずはそれでリディも大人しく授業を受ける雰囲気になったので、ジェイクは皆に向けて説明を開始した。

「それでは今日は、ワーキャットの祖先の話からしましょうね」

「ワーキャットの祖先、ですか？」

「はい。ワーキャットの祖先は、知性を持つ大型の猫であると言われています」

悠利の質問に、ジェイクは端的に答えた。大型の猫、と皆が口々に呟《つぶや》く。確かにワーキャットは二足歩行をする猫なので、その祖先が猫と言われても納得が出来る。ただ、大型と言われるとどのぐらいのサイズなんだろう？　と思ってしまうのだ。

そんな皆を見ながら、ジェイクは説明を続けた。《真紅の山猫》の面々も慣れているので、そこでざわざわするのは止《や》めにしてジェイクの話に耳を傾ける。

「その猫は、猫ですが成人男性ほどの大きさであったと言われています。ただの動物ではなく、また魔物でもない。知性を持ち、文化を持ち、また、人の言葉も解したと伝わっています」

「伝わっているってことは、今はもうその猫、いないんですか？」

「良い質問です、カミール。各地の遺跡や伝承でその猫の存在は確認されていますが、現存はしていません。化石などで姿形は確認出来ているので、そういった猫がいたのは確かだと思います」

「解りましたー」

カミールの質問に答える形ではあったが、ジェイクの説明は皆が聞いていた。今はもういない大型の、それも知性を持ち文化を持っていた猫。それがワーキャット達のご先祖様なのだと聞かされて、なるほどなぁと思った。どういう進化の過程でそうなったのかは解らないが、四足歩行から二足歩行に切り替わる時期があったのだろう。

そんな風に思っていた一同の耳に、驚きの情報が追加された。

「進化の過程でその大型の猫はワーキャットになり、また別の進化を辿《たど》った者達は獣人となりました」

「「ええええええええ!?」」

あまりのことに、皆が声を上げた。解りやすい反応をしたのはほぼ若手組なので、大人枠であるリヒトとマリアは驚きを顔に浮かべているだけだ。それでも、その二人さえも衝撃は隠せていないが。まさか、ワーキャットと獣人が祖を同じくする種族だとは思わなかったのだ。

なお、そんな皆の衝撃を気にせず、ジェイクはさらっと説明を続けた。……ジェイク先生は割と自由です。

「ワーキャットと祖を同じくするのは猫の獣人ですね。獣の姿のまま二足歩行するようになったのがワーキャットで、より人に近い姿を手に入れたのが獣人になります」

ちょっとはこっちの衝撃を理解してくれ、とツッコミを入れる元気もなかった。皆は次から次へと与えられる情報に、振り回されている。

この情報はリディとエトルも知らなかったらしく、驚いたように目を丸くしている。目を丸くした後、小さなワーキャットの二人組は、視線をラジへと向けた。虎獣人の青年へと、興味津々の眼差《まなざ》しだ。

期待に満ちた子供達の視線に、ラジは困ったように笑った。

「申し訳ないけど、僕は獣人の成り立ちとかは知らないよ。自分の一族の先祖の話とかなら知っていても」

「いちぞく……？」

「まぁ、あくまでもうちの家系の話だから、今回は関係ないよ」

「いちぞくのはなし……！」

単語チョイスが若様の好奇心をくすぐったのだろうか。リディはぱぁっと顔を輝かせてラジを見ている。そのまま、是非聞きたいという意味合いの言葉を口にしようとしたが、それを遮るようにエトルが口を開いた。

「若様、話が脱線します。今じゃなくて良《い》いやつです」

「むぅ」

「今はジェイク先生のお話を聞くのが先です」

「……しかたないな」

「……何で偉そうなんですか……」

そこまで言うなら今は折れてやろう、みたいな態度の若様に、エトルは疲れたようにため息をついた。とはいえ、コレは彼等《かれら》の間ではよくあるやりとりである。若様はナチュラルに偉そうであるが、まぁ実際ワーキャットの里においては偉い人の枠に入るのだ。お子様だけど。

そんな二人のやりとりを、皆は微笑《ほほえ》ましそうな眼差しで見つめていた。若様の発言は偉そうだが、子猫なので全然嫌みがない。むしろ、ドヤ顔をしているのすら愛らしい。

「それでは話を戻しますよー」

「「はーい」」

「知性ある大型の猫は、より生活しやすい姿を求めて進化をし、その結果がワーキャットと獣人になります。四つ足の獣の姿よりは、二足歩行で手足を持つ姿の方が道具を使いやすい。道具を使いやすいということは、文化を発展させやすいということです」

ジェイクの説明はシンプルで解りやすい。小難しい学説や堅苦しい単語は使わない。聞いている者達のレベルに合わせて説明してくれるので、皆はいつも助かっている。

……そう、こういうときのジェイク先生は、本当に凄《すご》いのだ。学者先生らしい知識と、それを子供にも解りやすく説明する手腕は確かなのだ。普段はアジトで行き倒れているダメ大人なのだけれど、お勉強のときは皆もジェイクを尊敬している。

「彼等は大型の猫であった頃から人の言葉を話し、人と交流を持っていたと言われています。だからこそ、人とより交流しやすい姿として人型、二足歩行の姿を選んだという説が有力ですね」

「質問をしてよろしいでしょうか」

「何でしょうか、イレイス」

「ワーキャットの皆様は猫の言葉と人の言葉を使うことが出来ると聞きました。祖先の大型の猫もそうだったのでしょうか？」

「そうだと言われています。仲間内、猫同士では猫の言葉を用い、人との交流において人の言葉を使っていた、と」

「そうなのですね。ありがとうございます」

ぺこりと頭を下げるイレイシア。吟遊詩人として歌を、言葉を扱うものだからだろう。進化の過程で言語がどうなったのかが彼女には気になったらしい。悠利達はそんなことは考えなかったので、そういう視点もあるんだなぁと思うのであった。

そんな中、すっと手を挙げたのはラジだった。獣人の彼には、思うところがあるらしい。

「質問です。祖先の猫やワーキャットは猫の言葉を解するのに、祖を同じくする獣人が獣の言葉を使わないのは何故でしょうか」

「それは、人の中で生きる道を選んだ獣人の進化の必然とも言えます」

「必然」

「言葉は、使わなければ失われます。また、獣の言葉は獣の姿をしてこそ発声出来るもの。人に近しい姿をとった獣人達は口や喉《のど》などの発声器官の構造が獣の頃とは異なります。ゆえに、今の獣人達は獣の言葉を理解出来ないのだと思います」

口の形が違うから言葉が使えなくなったというのは、確かに納得が出来ることだった。獣の鳴き声というのは、その身体構造によって使えるものだ。では何故獣の姿で人の言葉が話せるのかという疑問はあるが、それは必要だから使えるようになったと考えるべきなのだろう。

ふと悠利は今のジェイクの説明で一つの疑問を抱いた。なので、素直に質問することにした。

「あの、今の獣人達はって言いましたよね？　じゃあ、初期の、進化したばかりの頃の獣人達は獣の言葉が解ったってことですか？」

「あくまでも文献によるものですが、獣人へと進化をした頃の者達は、話せずとも近しい発声は出来、また聞き取りは問題なく行えたようです」

「それは何故ですか？」

「その頃には獣の姿の者達との交流もあり、狩りを行うときなどは人の言葉で叫ぶよりも獣の言葉で遠吠《とおぼ》え一つの方が確実であったから、という説があります」

「狩り……」

「群れで行う狩りを、大型の猫も、ワーキャットも、獣人も、共に行っていたと考えられています。ですので、喋《しゃべ》れずとも聞き取れるというのはあったとされています」

進化の初期には、枝分かれした種族も、その祖たる種族も、分け隔てなく交流があったのだという説明に、皆はふむふむと頷《うなず》いている。……なお、お子様のお勉強ではそこまで深く学んではいないのか、リディとエトルも真剣な顔で聞いていた。

……そう、若様が、真剣な顔でお勉強をしていた。いつもなら、小難しい話に飽きてとっくの昔に席を立つか、その場でぐでぐでになるかだというのに、今日は真面目に話を聞いている。リディを見守っているフィーアとクレストが、感動したように口元を押さえているのだから、いつもの姿が想像できる。

ちなみにリディは、ジェイクの話が面白いから素直に聞いているわけではない。確かに知らないことを知れるという意味では面白いのだろうが、一番大きな理由は悠利達が側《そば》で真剣に聞いているからだ。大好きなお友達が真剣なので、釣られて真剣になっていると言える。

そんな単純なと言われそうだが、当人の中ではそれで理由が通っているのだ。自分一人では面白くない勉強も、大好きなお友達と一緒なら面白い何かになる。常日頃一緒にいる学友のエトルではパワー不足と言えた。

「そうして進化をしたワーキャット達ですが、彼等は自然と共に生きた猫としての性質も持ち合わせていました。その結果、彼等が集落を作るのは自然豊かな土地に限られました」

「自然豊かな土地……？」

「まさにこの地のような場所のことですよ、ヤック」

にっこりと笑うジェイク。言われて、ハッとしたような顔になるヤック。ヤック以外の面々も確かにそうだと頷いていた。

このワーキャットの里は、実に文化的な里である。建造物も王都と遜色《そんしょく》はない。だが、大きな森ののど真ん中に存在する。近くには鮭の養殖が簡単に出来るような大きな川も存在している。自然と隣り合わせの文化的な生活である。矛盾はしていない。

猫の性質、野生の獣としての何かがワーキャットには残っているのだとジェイクは説明する。文化的な生活を営み、人と同じ言葉を話す紛れもないヒト種。繁栄した文化を喜んで受け入れていながら、身近に豊かな自然があることを求める。それがワーキャットなのだと。

「獣人の方は人との交流をメインに進化したからか、別にそこまで自然を求めることはありません。なので彼等は他種族の集落に身を寄せていたり、もっと開かれた場所で生活しています」

「確かに、僕の実家ももうちょっと街に近いというか、山や森から離れた場所にあるな」

「ラジの故郷って、虎の獣人さんばっかりなんだよね」

「そう。一族で生活しているからな。護衛の仕事が主だから、依頼主とのやりとりが簡単に出来るように街に近い場所に居を構えているんだ」

「獣人の集落は主にそういう感じですねぇ。身体能力が高くともより人に近い姿をしているからこそ、そういうことになるのかもしれません」

ラジの言葉に、ジェイクは穏やかに笑いながら補足情報を付け加えていた。確かにワーキャットと獣人を並べると、獣と人という風に印象が分かれる。より人間に近い性質の獣人は開かれた人に近い場所を選ぶという説明は、説得力があった。

過去の進化の影響が今の時代にも残っている。そのことに思いを馳《は》せて、皆は歴史の重み、種が繋《つな》いできた時間というものを感じる。求めた進化の結果に辿り着き、その思いのままに今に続いているのは何とも言えずロマンがある。

……ただし、お子様にはそのロマンは解《わか》らなかったらしい。リディは首を傾《かし》げながら呟《つぶや》いた。

「じゃあ、なんでぼくたちには、ずっとねこのことばがあるんだろう」

「若様？」

「ねこのことばのほうが、ずっとらくだけど」

「それは若様が人の言葉を練習するのを怠っていたからです」

「えとる、うるさい！」

未だに舌っ足らずにしか喋れないリディは、ムッとしたようにエトルに怒った。しかし、事実は事実なので仕方ない。悠利《ゆうり》達が初めて出会ったとき、リディはにゃーにゃーと猫語しか喋れなかったのだから。

祖先から受け継いだ獣の性質、猫の言葉である。大人達は色々と感じ入るところがあったらしいが、若様にとっては「何でどっちかじゃないんだろう。それか最初から人の言葉が喋れれば良いのに」ということになるのだろう。お勉強嫌いなので。

身体の構造で考えるならば、二足歩行するとはいえ猫の状態のワーキャット達にとって、使いやすいのは猫の言葉だろう。人と交流することがあるから、人の言葉が必要になる。ワーキャット達だけならば、猫の言葉でも十分。そこに、他者との交流が見える。

「でもほら、リディ」

「なに、ゆーり」

「練習するのは大変かもしれないけど、こうやってお話し出来るの僕は嬉《うれ》しいよ？」

「……ぼくも、はなせてたのしい」

「きっと、リディ達のご先祖様もそんな理由で人の言葉を頑張って使ってくれてたんじゃないかなぁ」

ほわほわと笑いながら悠利が告げた言葉に、リディは不思議そうにこてんと首を傾《かし》げる。小さな子猫の若様には、まだちょっと難しい話なのかもしれない。ご先祖様とか言われても、実感が湧かないのだろう。

しかし、自分に置き換えて考えてみると、解らなくもなかった。間に通訳を挟まずに直接やりとりが出来るのは楽しい。だからリディは一生懸命練習したのだから。

だから、そうかもしれないという思いを込めて、小さな若様は悠利を見上げて口を開いた。

「そうかな?」

「そうだと良いなって僕は思うかな」

「そっか」

ぼくもそうだと嬉しいな、と続けられた言葉ははにかんだ表情で告げられて、悠利は思わずリディの頭を撫《な》でた。便乗するようにカミールも撫でた。リディが頑張って人の言葉を練習してくれたおかげで、彼等はこうやって楽しく会話が出来ているので。

そんな三人のやりとりを、皆は微笑ましいなぁという眼差しで見ていた。お勉強とはいえ、今日はジェイクの話を皆で聞くだけなので、そこまで堅苦しくはないので。

そして夕飯の時間まで、ワーキャットの進化の歴史、生態、文化などについてのお話が続くのでした。今日は最後まで若様もちゃんとお勉強しました!　お友達パワーです。

閑話一　枕投げ大合戦！

たらふく夕飯を食べた夜、風呂《ふろ》にも入って後は寝るだけという状態で、悠利達は宿泊用にあてがわれた大部屋でごろごろしていた。そう、大部屋である。

里長様のお屋敷は大きかったが、流石《さすが》に全員に個室を用意するのは無理だったらしい。何せ今回はそれなりの人数で押しかけているので。そのため、部屋は男女で分けて大部屋となっている。なお、忙しいかもしれないからと、アリーだけは個室である。大人は大人の話があるので。

リヒトは大人枠であるが、一応訓練生。わちゃわちゃ大騒ぎしそうな子供達の監視役という感じで大部屋でご一緒だ。ついでにジェイク先生もご一緒であるが、彼は持参してきた本を夜遅くまで読もうとしてはリヒトに没収されるポジションなので、どう考えても問題児枠である。安定のジェイク先生だ。

「人数多い分、男部屋の方が広いんだな」

「そっちは四人だもんね。流石にこっちと同じ大きさだと広すぎるでしょ」

「それはそう」

ミルレインの言葉に、悠利は苦笑しながら応《こた》えた。ミルレインも異論はなかったのか、素直に頷いている。四人と九人、しかもこちらは大柄な大人もいるので、同じサイズの部屋では不都合が生じる。

ちなみにワーキャット達の生活文化として、寝室では靴を脱ぐというものがあるらしい。他の部屋は土足でうろうろしてオッケーなのだが、寝室だけは入り口で靴を脱いで素足で上がってくれという扱いだった。

なお、日本人の悠利にとってはむしろ好感触である。寝る部屋の床を土足で動き回りたくはない。スリッパならまだしも。

そして、皆の寝床は床に敷いた布団であった。ワーキャット達にはベッド派と床寝派とがいるらしい。個室のアリーはベッドだが（それでも寝室は土足厳禁）、人数の多い悠利達は床に布団を敷いて寝るスタイルだった。そこは男部屋も女部屋も同じである。

床に寝るとはいえ、布団はふっかふかだった。板張りの床の上ではあるが、身体《からだ》が痛くなることもなく快適だった。聞けば、小さな子供は危ないので床寝らしく、リディやエトルはこのスタイルに馴染《なじ》みがあるそうだ。

そんなわけで悠利達は、布団の上でごろごろしている。男女入り交じってごろごろタイムなのは、まだ就寝するには早いので皆で話をしようということになったからだ。……正確には、若様が遊びに来るから全員で待ってろと言ったからである。安定の若様。

寝る前の身支度を全部調えるまでは遊びに行くのを許可されていないらしく、今はリディを待って手持ち無沙汰《ぶさた》な悠利である。他の皆は何だかんだで雑談をしていたり、本を読んだりと時間を潰《つぶ》しているが。

大部屋に布団が沢山敷いてあって、そこに皆が転がってわちゃわちゃしている光景。それは、悠利の中のある記憶を刺激した。

「修学旅行みたいだなぁ……」

その独り言は誰にも聞かれなかったので、特にツッコミは入らなかった。

そう、悠利は今の状況が修学旅行みたいだと思ったのだ。大部屋に雑魚寝で、寝る前の一時を皆が思い思いに過ごしている。それは修学旅行などの学校行事の光景を思い出させる。

楽しかった思い出が蘇《よみがえ》って、そして悠利は思った。

修学旅行と言えば、枕投げだ、と。

何でそうなるというツッコミは横において欲しい。やはりこう、修学旅行の醍醐《だいごみ》味は枕投げだと思っているタイプなのだ。ちなみに悠利は枕投げに参加したことは、一応ある。何故か気付いたら参加することが決定されており、それなりに良《い》い感じに活躍はした。

悠利はぽやっとしているので認識されないが、運動神経はそこまで悪くはない。ついでに悪意も害意も持たないし、そういうのが表に出ないので相手を警戒させない。しかし当人は割と合理的で、枕投げなんだから敵には思いっきり投げて良いよねと思って全力でやるタイプである。

そんなわけなので、枕投げ楽しかったなーと思い出に浸る悠利であった。同級生達に「お前ちょっとは遠慮しろ！」とか、「マトモに顔面狙うな！」とか言われたことは忘れている。楽しかった思い出だけが残っているのだった。

なので、その言葉はするりと悠利の口からこぼれ落ちた。

「やっぱり大部屋だと枕投げだよねぇ」

うんうんと一人で頷《うなず》く悠利。先ほどの独り言にツッコミが入らなかったので、今回もそうだろうと思っていた。ちょっと故郷の思い出に浸ってみただけだった。

けれど――。

「まくらなげってなに？」

「へ？」

「ゆーり、まくらなげってどういうの？」

「……えーっと、リディ、もう寝る準備は出来たの？」

「できた」

待たせたな！　と言いたげなドヤ顔で立つ若様。ちなみに寝る準備が完了している証明のように、若様はパジャマ姿である。ついでに、耳の部分に穴が空いた三角の帽子も被《かぶ》っている。ナイトキャップというやつだろうか。

お付きのフィーアとクレストを従えて、今日も今日とてフリーダム。いつもなら既に就寝している時間だろうが、お構いなし。せっかく悠利達がいるのだから、少しぐらいは夜更かししてお喋《しゃべ》りしたいというのが若様の主張である。

ちなみに、エトルは夕飯前には家に帰っているし、多分今頃は本日の振り返りと明日の準備を終えて大人しく寝ているはずだ。ご学友は真面目なのに、若様はその半分も大人しくなかった。いつも通りである。

「で、まくらなげってなに？」

話題を逸《そ》らそうとした悠利であるが、好奇心に駆られた若様は誤魔化されてくれなかった。キラキラと顔を輝かせて悠利を見ている。きっと何か楽しいことがあるに違いない、という謎の期待が滲《にじ》んでいた。……あながち間違っていないのが辛い。

枕投げは、単語だけ聞くと何のことだか解らないだろう。枕は寝るときに使うものである。間違っても投げるものではない。第一、何で投げるんだと言われそうだ。

しかし、若様はその単語から、面白さ、遊びの気配を察知したのだ。……得てして子供はそういうところは聡《さと》い。

誤魔化すのは無理だと理解した悠利は、困ったように笑って枕投げについて説明することにした。多分、確実に、やりたいと言い出すだろうなと思いつつ。

「枕投げっていうのは、言葉の通りに枕を投げ合ってやる遊びだよ」

「まくらを、なげる？」

「相手にぶつけて遊ぶ感じ……？　勝ち負けとかは地域によってルールが違うらしいけど、僕がやってたのはとりあえず皆でわーわー言いながら枕をぶつけ合う感じかなぁ？」

「へー」

悠利の物凄《ものすご》くざっくりとした説明に、若様は静かになった。ふむふむと何かを考え込むような姿に、悠利はちらりと視線をフィーアとクレストに向けた。世話係と護衛役として常に若様の傍《かたわ》らに侍《はべ》る二人は、悠利を見てすっと視線を逸らした。それが答えである。

少しして、リディはにぱっと笑った。愛らしい子猫がそんな顔をすると、見ている方は思わず表情が緩む。……その口からこぼれた言葉がなければ。

「よし、みなでやろう！」

あぁ、やっぱりそうなるんだなーと悠利《ゆうり》は思った。やりたがると思ったんだよなぁ、と。そもそも大勢がお泊まりしているという状況が、若様のわくわくゲージを上昇させているのだ。いつもと違う何かが出来るとなれば、食いつくに違いない。

やると言ったらやる若様である。とりあえず、ちょっとやったら大人しくなるだろうという判断で、悠利達三人は合意した。ほどほどの時間で若様は部屋に連行されることが決まっているが、ここでやらせなかったらずっと駄々をこねるに決まっているのだ。

そんなわけで、悠利は仲間達に枕投げをやろうと持ちかけた。もとい、若様がやりたがっているから付き合ってほしいと話を通した。

枕投げって何だ？　みたいな状態だった仲間達は、悠利の話を聞いてノリノリになった。正確には、身体を動かすのが好きそうな面々が面白がった。どうせならチーム戦にしようということになり、どうやって分けるかと見習い組を中心に相談が始まっている。

その間に、フィーアは枕を追加する手はずを整えてくれていた。この部屋には悠利達の分の枕しかないので、一人一つにするにしても数が足りないのだ。最低でも一人一つはないと、枕を投げられないという状況で若様が拗《す》ねる可能性があるので。

「僕は見学してますね〜」

ひらひらと手を振って、部屋の中央の壁際にちょこんと座っているのはジェイクだった。誰も異論はなかった。非力でか弱い学者先生に参加しろとは誰も言わない。むしろ、うっかり参加して被弾したあげく、ぶっ倒れたらたまらない。

審判というほどではないが、見学するついでに危なそうなときには口を挟む役目をジェイクが担ってくれることになった。口で言っても届かない場合があるので、その手には愛用の鞭《むち》が準備されている。ジェイクの鞭は殺傷力よりも捕獲力を重視しているので、当たってもあんまり痛くないのが特徴だ。

……ちなみに、普段は鞭で本をぐるぐる巻きにして運んでいたり、室内でちょっと遠くのものを取るのに使っていたりする。鞭の使い方としては色々と間違っているが、意外と器用に使っているのだ。

そんな中、大真面目な顔でリヒトが数名を集めて注意事項を通達していた。集められているのは、ウルグス、ラジ、マリアの三人だ。共通点は力自慢である。

「ラジとマリアはお互い以外には本気を出さないこと。ウルグスも、枕とはいえ当たったら危ないから手加減を心がけるように」

「解《わか》ってます」

「あら～、大丈夫よぉ～」

「気を付けます」

「特にマリア。相手は子供達だし、悠利もいるんだから、本当に、本当に気を付けてくれ」

「いやねぇ〜。戦闘じゃあるまいし、ちゃんとやるわよ〜」

「……そうしてくれ」

イマイチ信用出来ないと顔全体で表現するリヒトに、マリアは楽しそうにカラカラと笑った。ウルグスは豪腕の技能《スキル》持ちゆえの腕力を、相手を傷つけないように使うためにはどの程度なのか一生懸命考えていた。ラジの方は力加減をちゃんと心得ているので問題はない。

ちなみに、チーム分けは少なくともこの四人は均等に分けるべきだという判断となり、ラジとウルグス、マリアとリヒトが同じチームになっている。片方に力自慢が集中すると、相手が投げた枕を受け止めたり防いだり出来ないので。

最終的なチーム分けは、悠利、マグ、ミルレイン、マリア、リヒト、リディのチームと、ヤック、カミール、ウルグス、ラジ、アロール、ロイリス、イレイシアのチームとなった。まぁ、チーム分けをしたとはいえ、厳密な勝敗はあまり関係ない。心置きなく遊ぶぞーぐらいのノリだ。

何故かというと、勝敗を決める形にしてしまうと、皆のやる気が変な方向に発動して危険だと思ったからだ。それなら、わいわいがやがや遊ぶ方向にした方が良いという判断である。

「それじゃ、怪我《けが》をしない、させないように気を付けて、枕投げをしまーす」

「危ない行動が見えたらジェイクから注意が飛ぶから、そこはちゃんと聞き入れろよ」

「「はーい」」

悠利とリヒトの言葉に、皆は元気よく答えた。勝負事でないというのを念押ししてあるので、ロイリスやイレイシアのようにあまり闘争心がない面々も楽しそうにしている。やったことがない遊びを楽しむと考えれば、気楽に参加出来るのだろう。

そして、ジェイクが合図のようにパンと手を叩《たた》いた瞬間、枕投げが始まった。

一人一つ枕を持って、一斉に反対側の陣地へ向けて投げつける。相手に向けて投げるとはいえ、枕だ。多少当たっても痛くはないと解っているので、皆、気兼ねなく枕を投げ合っていた。

「くそー！　マグ全然当たらねーな！」

「気配」

「ウルグス通訳！」

「通訳言うな！　……気配がバレバレだから軌道が読めるってよ！」

「今のでそんな意味あるとか解るかよ！」

ていていとマグに向けて枕を投げるカミールが、思わず叫ぶ。何度投げても、マグはひらりひらりとカミールの投げる枕を避《よ》けるのだ。よそ見をしているときですら避けるので、カミールが何でだよと叫ぶのも無理はなかった。

なお、マグに言わせれば自分を狙っている気配がバレバレなので、こっちに向かってくるなと解るらしい。……普通、見習い組ではそこまで正確に気配を察することは出来ない。しかしマグは隠密の技能を持ち、暗殺者の職業《ジョブ》を持っている規格外だ。身のこなしも軽やかなので、そう簡単に枕に当たってはくれなかった。

ちなみにそのマグはと言うと、当然だと言いたげにウルグスの顔面ばかりを狙って枕を投げていた。力はそれほどないのだが、遠慮なく全力でぶん投げてくるので、なかなかのスピードだ。それを受け止めたり叩き落としたりしつつ、ウルグスは吠《ほ》えた。

「お前は何で俺の顔面ばっか狙うんだ！」

「……的？」

「的なんだから当てるのが当然とか抜かすなー！」

誰が的だ！　と怒鳴るウルグス。しかしマグは悪びれず、やはり相変わらずウルグスの顔面を狙っていた。……多分、遠慮なく絡めるのがウルグスなので、当人はとても楽しんでいるのだろう。顔面ばかり狙われるウルグスはたまったものではないが。

そんな風にちょっぴり殺伐としている者達もいれば、楽しげに枕を投げ合っている面々もいる。投げてぶつけるというよりはパスしているようなものだが、当人達は楽しそうなので問題ない。

「投げるのが枕なので、痛くないのが良いですね……！」

「そうだな。……ロイリス、もうちょっと強くてもアタイは平気だぞ」

「そうですか？　じゃあ、頑張ってみます」

「おう、頑張れ！」

日頃から交流のある職人コンビは、まるでキャッチボールのように枕を投げ合っていた。どうやら、小柄で力の弱いロイリスのトレーニングのような感じでやっているらしい。当人達が楽しそうなので問題はない。

そこに時々イレイシアも加わって、ぽんぽんと軽快に枕が三人の間を移動する。たまに身体《からだ》に当たっても、当たっちゃったねみたいな感じでほのぼのしている。……枕投げにしては随分と微笑《ほほえ》ましいが、平和なので良いだろう。

そんな中、枕投げご希望の若様に向けてラジが、その隣の悠利に向けてヤックが枕を投げる。ラジは勿論《もちろん》手加減をして、ヤックはそれなりに本気で投げるつもりのようだ。

「行くぞ」

「ユーリ、覚悟ー!」

「リディ、来るよ……!」

「わかった……!」

負けない……! みたいな顔をするリディ。ぶんっとラジとヤックが振りかぶり、リディと悠利に向けて枕が飛んでくる。風を切って飛んでくる枕。それを受け止めるか、叩き落とすか、それとも当たってしまうのか。

しかし、結論はそのどれとも違うものになった。

「キュピー‼」

「「え?」」

「「は?」」

呆気《あっけ》にとられる悠利達四人の前で、ぽよんと跳ねたルークスが枕を受け止めてしまった。そのまま、ぺいんっと弾《はじ》くようにして枕を遠くへやってしまう。キリッとした眼差《まなざ》しの愛らしいスライムは、悠利とリディの真ん前を陣取った。

「……えーっと、ルーちゃん? 何してるの?」

「るーくす、なんでまくらはじいた？」

「キュイ！」

枕投げなんだけど、と続けた悠利に、ルークスはぷるぷると身体を震わせた。何かを訴えているようだが、悠利には意味が解らない。揉《も》めている気配を察したらしいアロールと目が合ったので、悠利はお願いと言うように手招きをした。

十歳児の僕っ娘《こ》魔物使いは心得たように枕片手に移動して、ルークスとしばし話し込む。そして――。

「何か、枕でも当たったら痛そうだから守りに来たって」

「……ルーちゃん」

安定の、今日も悠利の護衛を自認しているルークスだった。遊びだというのは理解しているようだが、それでも目の前で枕をぶつけられるのは見ていられなかったらしい。従魔の優しさはありがたいが、今はちょっとそれじゃないんだよなぁ状態である。

「……るーくす、それじゃまくらなげ、できない」

「キュピ⁉」

悠利同様ルークスに庇《かば》われたリディが、ぼそりと呟《つぶや》いた。その声は沈んでいた。何で邪魔をするんだと言いたげな若様の言葉に、ルークスは驚愕《きょうがく》したようにその場でびくりと震えた。大事なお友達のために頑張ったつもりが、物凄くしょげられてしまったのだから驚いたのだろう。

しかし、リディの言い分は正しい。だってリディがやりたいのは枕投げだ。投げられた枕を自分で受け止めたり、当たったたりしてみたいのだ。枕だから痛くないのは解っているし。

「キュ、キュピ、キュイイイ……！」

「うん、君が悠利とリディの身を案じたのは解ってる。解ってるけど、コレは枕を投げ合って遊ぶゲームだから、君がやったのは邪魔になるんだよ」

「キュウゥ⁉」

「枕で怪我はしないだろうから、君はナージャと一緒にジェイクの隣で見学。本気でヤバそうなやつだけ止めにいくこと」

「キュキュゥ……」

「シャー」

アロールに諭されて、ルークスはとぼとぼとジェイクの傍《かたわ》らへと移動していく。さっさとしろと促すナージャはいつも通りだった。その寂しそうな背中に向けて、悠利は声をかける。

「ルーちゃん、ゲームの邪魔にはなったかもだけど、守ろうとしてくれたのは嬉《うれ》しかったよ」

「キュ？」

「僕は嬉しかったよ。ありがとう。リディは？」

「ん。まくらなげにはならないからこまるけど、たすけてくれたのはうれしい」

「キュ！」

自分の気持ちが大好きな二人に通じていると解って、ルークスは嬉しそうにぽよんと跳ねた。跳ねて、そのまま今度は軽快に移動していく。やれやれと言いたげなナージャと一緒に。

それでは気を取り直してもう一度枕投げを、と思った瞬間だった。悠利《ゆうり》達の側《そば》で、ドスッという何とも物騒な音が響いた。まるで何かがぶつかったような強い音である。思わず、全員が動きを止めた。

音がした方を見れば、何故かシュウゥと煙が出ていそうな雰囲気の枕を受け止めているラジの姿。

……え、アレ枕だよね？　と悠利は顔を引きつらせた。何で枕から煙が出ているみたいに見えるのだろうか。摩擦のアレっぽい。

「……マリア」

地を這《は》うような声がラジの口からこぼれ落ちた。あぁやっぱり、アレ投げたのマリアさんなんだ、と皆は思った。この場であんな音がするような投げ方が出来るのは片手で数えられる。そして、遠慮なくそれをやりそうなのはマリアただ一人である。

ラジに名指しされたマリアは、にっこりと微笑んでいる。ひらひらと手を振る姿は麗しく、何も知らなければ綺麗《きれい》なお姉さんだなーと思うような感じであった。

「ちょっと全力で投げてみたくなっちゃって」

「ヤックに当たったら危ないだろうが！」

「当たらないわよぉ。だって貴方《あなた》の方が前にいたんだもの」

「僕がよそ見してたらどうするつもりだ！」

「あらぁ、よそ見してても反応するでしょう？　貴方なら」

にっこりと微笑む妖艶《ようえん》美女。ラジの実力を認めているからの発言であるが、色々とアウトである。

楽しい枕投げを物騒な大会に変えないで貰《もら》いたい。

ぶーぶーと周囲からブーイングが出ている。楽しく遊んでいるのに、いきなり怪我《けが》の危険性がある感じで物騒を混ぜないでもらいたいのだ。ここには小さい子供だっているのだから。

そんな中、審判担当のジェイクがしゅるりとマリアの腕に鞭《むち》を巻き付けた。

「あらぁ？」

「マリア、ペナルティーですよ」

「何がかしらぁ？　怪我はさせてないし、相手はラジよ？」

「枕が壊れます」

「「あ」」

淡々としたジェイクの言葉に、全員がラジの方を見た。正確には、彼が手にしている枕を、だ。皆の視線に促されるように、ラジは枕をそっと確認した。全体的には枕は無事に見える。他の枕同様に、枕カバーに包まれた普通の枕。……しかし、よく見たら枕カバーがちょっぴり裂けていた。勢いが強すぎて布が負けたのかもしれない。

「……枕カバーがちょっと裂けてるな。ユーリ、後で繕ってもらえるか？」

「了解ですー」

「と、いうわけですので、マリアはちょっとお休みですね」

「えー、せっかく楽しかったのに……」

「はいはい、僕の隣で待機ですよー」

「はぁい」

唇を尖《とが》らせて文句を言いつつも、素直にジェイクの隣に移動するマリア。枕投げってこんなんだったっけ？　と悠利は思った。多分何か違う。

とはいえ、物騒お姉さんがいなくなったなら、楽しい枕投げになることは間違いなかった。全員でわいわいがやがや枕の応酬だ。誰に向かって投げるとかあまり考えず、全体対全体で枕が飛び交う。

宙を舞う枕。小さなリディはあまり的にならないが、落ちてきた枕を取ってはていていと投げつけている。子猫の力で投げつけられてもそんなに痛くないので、当たっても誰も文句は言わない。そしてまた枕がリディの側に落ちるの繰り返しだ。

「リディ、カミールが背中向けてるよ」

「よーし、くらえー！」

枕を拾うために背中を向けているカミールに向けて、リディがてーいと枕を投げる。若様の投げる枕はへっぽこだが、それでも背中を向けていれば当たる。ぺしんと枕はカミールの背中に当たって落ちる。

枕が当たったことに気付いたカミールが、くるりと振り返る。えっへんとふんぞり返る若様と、褒め称《たた》える悠利を見て、誰の仕業かを理解したらしい。にやりと笑うと、両手に枕を構えて声を上げた。

「やったなー！　二人とも、食らえー！」

「わっ⁉　同時投げ⁉」

「ふたつとは、ひきょうだぞー！」

「一度に一つしか投げちゃダメなんて決まりはない！」

文句を言いながらもリディは笑顔だった。悠利もカミールも笑顔だ。遠慮なく遊べるのが楽しいのだろう。カミールが投げた枕はぼふっと悠利のお腹《なか》とリディの顔に当たった。当たった枕を拾った二人は、顔を見合わせてにっと笑い、カミールに向かって同時に投げる。

「あ、こら！　お前ら一人に対して二人は卑怯《ひきょう》だぞ！」

「チーム戦だから問題ないよ！」

「かみーるは、てきー！」

「おのれー！」

ぎゃいぎゃいわいわいと枕投げは続く。大騒ぎだが、若様の楽しそうな声が響くので館の者達は微笑ましく聞いているようだった。時々、使用人が興味深そうに覗《のぞ》きに来て、楽しそうな若様を見て満足そうに笑って去っていくので。

結局、遊び疲れて若様がおねむになるまで、楽しい楽しい枕投げ大会は続くのでした。

なお、「お前ら夜にあんまり大騒ぎするな」と全員アリーの小言は食らいました。でも情状酌量の余地があったのか、比較的優しいお小言でした。

第二章　うっかり遺跡探検が始まりました

　ワーキャットの里に滞在して三日目。何やかんやでお勉強も兼ねてあちこちで交流に勤《いそ》しんでいる皆と違って、単純にリディと遊ぶために来ている悠利は自由だった。自由なので、本日はお勉強を免除されたリディの案内で屋敷の中をうろうろしている。

　勿論、本日も世話役のフィーア、護衛役のクレスト、学友のエトルの三人は一緒だ。後、悠利の頼れる従魔のルークスも。なので、屋敷の中をうろうろする一行はそれなりに目立ち、すれ違う人々に微笑《ほほえ》ましく見守られているのであった。

　代々ワーキャットの里を背負ってきた里長の家ともなれば、置かれている調度品もなかなかのもの。歴史というのは、しっかりと受け継がれてこそ守られるのだ。そういう意味では、一族がしっかりと血を繋《つな》いで役職を背負ってきた里長の家系というのは素晴らしい。

　柱一つとっても、文様が刻まれていたりして美しい。お金持ちのお屋敷って細部まで色々丁寧に作ってあるよねぇ、と思う悠利だった。庶民代表の悠利としては、どうしてもそんな風に感じてしまうのだ。

　そして、屋敷の中を案内していたリディが最後に悠利を連れてきたのは、宝物庫と呼ばれる場所だった。屋敷の一角にある部屋ではあるが、扉には他の部屋にはなかった頑丈な錠前が付けられていた。何か重要なものが置いてあると一目で解《わか》る。

「リディ、ここって入って良《い》いの？」

「ぼくといっしょならだいじょうぶ」

「そうなの？　っていうか、鍵《かぎ》は？」

「だから、ぼくがいる」

「へ？」

リディが何を言っているのか解らずに首を傾《かし》げる悠利だが、リディは気にした風もなく錠前に手を伸ばした。子猫の小さな掌《てのひら》が、ぽふっと錠前に触れた。肉球を押し込むようにぐっと力を込めた瞬間だった。小さな音を立てて錠前が外れた。

外れた錠前は、邪魔にならないようにフィーアが拾っている。特に何かをしたようには見えなかったが、先ほどまできっちり閉まっていた錠前は外れている。

「えーっと、リディ、これ、何？」

「かぎをあけたから、はいろう」

「いやだから、今の何⁉」

驚愕のあまり声を荒らげてしまう悠利に、リディはぱちくりと瞬《まばた》きを繰り返した。中に入るために鍵を開けただけなのに、何でそんなに騒いでいるんだと言いたげだ。若様には悠利の驚きは通じていなかった。

そんな悠利の困惑を察してか、フィーアが詳細を説明してくれる。

「こちらの宝物庫の錠前は、里長の一族の方のみ開けられるようになっているのです」

「……つまり、リディが鍵ってことですか？」

「そうなります。直系の血筋の方に反応するようですので、現在は里長様、若様、それと引退された先代様となっております」

「……ってことは、先代様の頃だったら、里長様のご兄弟も可能だったってことですか？」

「はい、そうなります」

「わぁ……」

思った以上に凄《すご》い錠前だった。しかも話を聞くと、物理で壊そうとしても壊れない錠前らしい。そして、錠前を付けていると扉の方にも何らかの保護がかかるらしく、扉を壊すのも不可能らしい。代々受け継がれてきた錠前らしく、構造はよく解っていないということだった。

まるで指紋認証みたいだなぁと思う悠利。ただし、現代日本の指紋認証は対象物に保護や強化とかがかかるわけではないので、やっぱり異世界の不思議パワーが発動しているんだろうなと思った。ついでに、物理無効はどの程度まで効果があるんだろうか、とも考えた。極論、屋敷が火事になったときも扉は無事なのか。無事なのは錠前と扉だけなのか、部屋にも及ぶのか。ちょっと興味が湧いた。まぁ、そんな危ないことはしないけれど。

恐らく、代替わりのときの儀式か何かで錠前の対象が変わるのだろう。その辺りのことも聞いてみたいなと思ったが、迂闊《うかつ》に話題に出してジェイクが食いついたら大変なことになりそうなので止《や》めておこうと思った。学者先生は興味があることだと突っ走ってしまうので。

（せっかく誘って貰ってお邪魔してるのに、ご迷惑をかけちゃダメだよね……！）

胸中で悠利はグッと拳《こぶし》を握った。ジェイク先生の暴走だけは防がなければならない。見習い組や訓練生が興味を持って質問するのと、有り余る知恵と知識を兼ね備え記憶力も優れた学者先生がハイテンションで質問攻めにするのは全然違うのだ。主にされる側の疲労が。

「ほら、ゆーり、なかにはいろう」

「あ、うん。……宝物庫ってことは、貴重なものがあるんだよね……？」

「せんぞだいだいのしなだって」

「そっかぁ……」

若様は自分の家の珍しいものをお友達に見せたいだけなのだろう。うちにはこんなものがあるんだぞ！　と教えたいだけなのかもしれない。しかし悠利はちょっと、いや、かなり緊張している。里長様の家に先祖代々伝わってる品とか、普通に家宝である。庶民が簡単に見たり触ったり出来るものではないはずだ。

しかし、フィーアもクレストも特に何も言わない。宝物庫に入る許可と、悠利に見せる許可は取っているのかもしれない。破格の待遇である。

壊したり汚さないように注意しよう。そう決意を固めて、悠利はリディに促されるままに宝物庫に足を踏み入れた。

部屋自体はそれほど広くはなく、質の良い調度品に様々な品物が飾られていた。置物や武具、甲冑《かっちゅう》などもある。絵画や繊細な細工で作られた食器もあった。とりあえず高そうという感想が頭に浮かんだ悠利《ゆうり》であった。

「このえは、しょだいさまのえ」

「初代様？」

「この地に里を作られた初代里長様ご夫妻の肖像画だと伝わっています」

「あ、なるほど」

「そう、そのしょだいさまのえ」

えっへんと胸を張るリディと、その傍《かたわ》らで補足説明を担当したエトルの嘆息が見事な対比だった。若様も、多分それが初代様ご夫妻の肖像画だというのは解っている。解っているが、まだ人の言葉が上手に喋《しゃべ》れないので、実に端的な説明になったのだ。

その初代様ご夫妻の絵はというと、歳月が経過して多少色あせてはいるものの、美しさを残していた。額縁はシンプルながら繊細な文様が刻まれており、皆がこの肖像画を大切に思っていることが伝わってくる。ちなみに初代様と思《おぼ》しき男性の色彩は、リディと同じ金茶色だった。

その後もリディは、室内にある品々の説明を続けた。舌っ足らずで言葉足らずな若様の説明を、エトルが丁寧に補足する。時折わちゃわちゃとしたやりとりを挟みつつも、楽しく過ごす悠利達。

不意に、小さくルークスが鳴いた。視線を向ければ、愛らしいスライムはじぃっと悠利達を見上げている。

「ルーちゃん、どうしたの？」

「キュピ、キュピィ」

「え？　何？　隙間？」

ちょろりと身体《からだ》の一部を伸ばしたルークスは、すぃっと棚と棚の隙間を示した。そんな狭い隙間に何があるんだと、悠利とリディ、エトルの三人は視線を向ける。しかし、薄暗いので見てもよく解らない。

そんな悠利達の目の前で、ルークスはにゅるんと細く伸ばした身体の一部を隙間に滑り込ませた。そのまま、うねうねと動かしているのが解る。

「……るーくす、なにやってるんだ？」

「キュピピ」

怪訝《けげん》そうなリディに、ルークスは何かを説明している。しかし、生憎《あいにく》と魔物の言葉は解らない。首を傾げるリディとエトル。背後のフィーアとクレストも意味が解らずに顔を見合わせている。

その中で、悠利は一人、まさか……という顔をしていた。今のルークスの行動に、見覚えがあるのだ。伊達《だて》に一緒に生活してはいない。

なので悠利は、もしかしてと思いつつもルークスに声をかけた。

「ルーちゃん、隙間の埃《ほこり》が気になるの？」

「キュ！」

気付いてくれた！　と言いたげにルークスが嬉《うれ》しそうに鳴いた。何が？　と不思議そうなワーキャット達をよそに、悠利とルークスの会話（？）は続く。

「つまり、ここのお掃除がしたいってことで良い？」

「キュイキュイ！」

「隙間とかの掃除がしにくくて埃が溜《た》まる部分が気になると？」

「キュピ！」

「そっかぁ……」

その通りだと言いたげにルークスはぽよんと跳ねた。お掃除大好きスライムは、汚れを見つけて気になってしまったらしい。安定のルークス。よそのお家《うち》なんだけどなぁと思いつつ、悠利はフィーアとクレストに向き直った。やる気に満ちたルークスに、ここでダメと言うのは可哀想《かわいそう》だ。それに、掃除をすること自体は悪いことではないので。

「あの、部屋の掃除ってやっても大丈夫です？」

「掃除、ですか……？」

「ルーちゃんはアジトでも掃除を担当しているんですが、こういう掃除用具の入らないような隙間の埃が気になって仕方がないみたいで……」

「はぁ……」

何を言っているのか良く解らないという返事をするフィーア。彼女は悪くない。普通のスライムはそんな風に掃除に情熱を燃やさないのだ。

それでも、ルークスのキラキラとした眼差《まなざ》しと、悠利の窺《うかが》うような表情を見て、彼等《かれら》は結論を下してくれた。

「掃除そのものは怒られないと思います」

「宝物庫の品に触れなければ、問題はないかと」

「ありがとうございます。ルーちゃん、そういうことらしいから、置かれている品物には触っちゃダメだよ」

「キュキュー！」

解ったー！　とでも言いたげにルークスは元気よく跳ねた。跳ねて、そして部屋の隅っこの方へと移動し出す。そちらの方が埃が多いらしい。

「……るーくすは、あれがたのしいのか？」

「楽しいらしいよ」

「そうか……」

かわってるな、と若様は実に正直に告げた。それでもルークスが楽しいなら良いかと思ったらしく、気を取り直したように悠利の腕を引いて次のお宝へと移動する。

続いてリディが悠利に見せたのは、丁寧な細工の置き時計だった。コチコチと時を刻む音がする。本体は木で作られているのだが、繊細な細工で彫りが施されており、大樹をイメージした形に森が刻まれている。

「この時計は？」

「それは、さいしょのとけい」

「里で木工細工を外部向けの商品として作り出したときの、最初の商品の一つだそうです」

「なるほどー。歴史的に重要な価値があるから保管してるって感じかな？」

「そう聞いてます」

「ふるいけど、まだちゃんとうごくとけい！」

「ちゃんと動くのは丁寧に保管してるからだろうね」

「うん」

最初の時計ってなんだろう？　と思った悠利は、すぐさまエトルが解説を加えてくれて助かった。若様は本当に、ざっくりとした説明しかしてくれない。人の言葉で長く喋るのはやりにくいのだろう。気を抜くと語尾がにゃーにゃーしてしまうので。

……なお、それもエトルに言わせれば「若様が勉強をサボっているからです」になるのだろうが。ワーキャット間では猫の言葉で話が通じるので、そこまで積極的に人の言葉を練習していなかったのだ。お友達の悠利と喋りたい一心で、最近やっと喋れるようになった若様なのである。

それにしても、説明を聞くとかなり古そうな時計だが、とてもそうは見えない。確かに年代物には見えるのだが、見た目も美しく、また時計としてもしっかりと機能している。よほど保存と手入れがきちんとしているのだろう。もしかしたら宝物庫の担当者がいるのかもしれない。

その時計の隣に、一際目を引く品物があった。金色の輝きを放つ、多種多様な細やかな宝石が埋め込まれたそれは、ゴブレットと言われるグラスに見えた。深めの大きなグラスだ。装飾も美しく、それだけでなく何とも高貴な気配が感じられる。

悠利の視線に気付いたらしいリディが、そのゴブレットを真剣な目で見つめて告げた。

「それは、ぎしきのごぶれっと」

「儀式？」

「さとおさがやるぎしきのときにつかう、だいじなごぶれっと」

「……つまり、家宝？」

「たぶん、そう」

「こんな無防備に置いといて良《い》いの⁉」

確かに棚の中に収まってはいるが、それだけだ。宝物庫の他の品々と同じように、簡単に手に取れる。家宝なら、金庫とかせめて鍵《かぎ》付きの棚の中とかに片付けるものではないのかと悠利は思った。

しかし、そもそもこの宝物庫への出入りが簡単には出来ないので、あまり気にしていないらしい。変なところで大らかだなぁ……と思う悠利だった。

「里長の代替わりの際や、次代である後継を定める儀式、或《ある》いは里長の子が生まれたときなどは、こちらのゴブレットが使用されます。また、祭事などにおいても同様です。里長の象徴のようなものですね」

「聞けば聞くほど凄《すご》く大事そうな品なのに、こんな置き方で良いんですね……」

フィーアの説明を聞いた悠利は、がっくりと肩を落とす。大事な品物のはずなのに、保管方法がちょっと雑じゃないかと思えてしまう。それだけ宝物庫のセキュリティに自信があるのかもしれないが。そんなことを思っていると、リディがぽつりと呟《つぶや》いた。

「ほんとうは、ぎんのごぶれっとといっしょだった」

「銀のゴブレット？」

「これと、もうひとつ。いっついだったってきいてる」

「言い伝えでは、金と銀の一対のゴブレットとなっているのですが、いつ頃からか銀のゴブレットは行方《ゆくえ》不明だそうです」

「あー……、年月が経《た》つとそういうこともあるかー」

「みたいです」

エトルの説明に、悠利は遠い目になった。紛失したのか、壊れたのか、誰かが盗んだのか。長い歴史の中では、どこかで情報が途切れて在りかが解《わか》らなくなるものが沢山ある。この金のゴブレットの対である銀のゴブレットも、そういうことなのだろう。

不意に、リディがゴブレットを手にしていた。ぎょっとする悠利に構わず、ほら、と差し出してくる。

「いやリディ、それ、僕が触って良いものじゃ……」

「もったほうがよくみえるかとおもった」

「……うん、大丈夫。見てるだけで良いよ」

「わかった」

調子に乗りやすい若様だが、ゴブレットが大事な家宝だというのは理解しているのだろう。丁寧に扱っているし、危ない動きもしていない。悠利が丁重にお断りをすると、棚にそっと戻していた。

心臓に悪いなぁと思いながら、悠利は改めて宝物庫の中を見回す。置かれている品々が高そうなのでうっかりしがちだが、この部屋も調度品が見事だった。

悠利《ゆうり》は綺麗《きれい》なものや可愛《かわい》いものが好きなタイプだが、アンティークな家具も好きである。庶民にはなかなか手が出ないので、ドラマやドキュメンタリーなどのテレビで見ては楽しんでいた。なので今、実は地味に調度品を見てうきうきもしている。

ふと、壁に備え付けられている棚が目に入った。小物入れなのだろうか、小さなステンドグラスが扉のように幾つも並んでいる。室内の光を反射して輝くステンドグラスは大変美しい。

「リディ、この棚って開けて良いのかな？」

「だいじょうぶ」

「ありがとう」

どういう仕組みか気になってステンドグラスに触れると、端の方につまみがあるのが解った。そこを引っ張ることで開けられるようになっている。開けてみると中にはワーキャットを模した人形が入っている。石を削って作られたような人形で、デフォルメされていて妙に可愛い。

「可愛いね、これ」

「こうげいひんのひとつ」

「こういうのも作って販売してるんだ？」

「そう。ねこずきににんきだって」

「そちらは、初代様の時代の名工の手によるものと言われています」

「……丁寧に扱いますー」

可愛いお人形だけど、これも立派なお宝なんだなぁと思う悠利だった。他の部分も開けてみると、同じように石の人形が入っている。デザインが少しずつ違うので、老若男女多種多様で楽しい。子供に与えたら人形遊びをしそうだなと思った。

名工の作と言うだけあって、まるで今にも動きだしそうだ。凄《すご》いなぁと思っていた悠利は、ふと、視界の端で何かが光るのを見た。正確には、技能《スキル》による「ここに何かあるよ」という情報だが。

色は青だ。なので、危ないものではないことは理解出来た。何だろうと視線を向けてみると、人形が入っていた棚の奥の方に、小さな小さなボタンが見える。それも複数。ボタンのある棚と、ない棚があるのが不思議だが、光っているのはその内の一つだった。

「……何コレ？」

首を傾《かし》げる悠利の視界に、ぶぉんっと鑑定画面が現れた。悠利が認識したので詳細を出してくれたらしい。今日も安定の出来る技能【神の瞳《ひとみ》】さんである。……普通の技能ではこんなことはないのだが、悠利にとってはいつものことである。

——隠し通路の起動装置。
この宝物庫から地下の遺跡に続く隠し通路を起動させる装置です。
順番通りにボタンを押すと、隠し通路へ続く扉が現れます。
長らく使われていなかったようですが、装置自体は問題なく動くのでご安心ください。
光っている順番に押せば装置が起動します。

「うわぁ……」

安定の【神の瞳】さんであった。説明が大変解りやすい。ありがたい。しかし、内容は色々とぶっ飛んでいるので、悠利は遠い目をした。

そもそも、隠し通路って何？　である。更に言えば、地下の遺跡って何⁉　である。里長様のお屋敷なので、脱出用の隠し通路などがあってもそれならと納得はするが、遺跡に続く隠し通路って何なの⁉　となるのだ。

突然悠利が頭を抱えたので、リディは心配そうに悠利を見上げる。掃除をしていたルークスも悠利の異変に気付いて、ぽよんぽよんと跳ねて近寄ってくる。どうしたの？　と言いたげに左右から覗《のぞ》き込まれて、悠利はあははと乾いた笑いを浮かべた。

「あのねぇ、リディ。この部屋、隠し通路あるんだって」

「え？」

「この壁に備え付けられている棚にね、ボタンがあるんだけど。それを押したら隠し通路が出てくるらしいんだけど、知ってる？」

「なにそれ、しらない！　やろう！」

「決断が早いね⁉」

そんなものは知らなかった。うちにそんな面白そうなものがあるなんて思いもしなかった。さぁやろう、今すぐやろう！　みたいなテンションになるリディ。好奇心旺盛《おうせい》な若様は、面白いことに即座に飛びついた。

対して、エトル、フィーア、クレストは衝撃で固まっていた。長年この里で生活しているし、若様と共に宝物庫に入ったこともあるが、隠し通路の存在など彼等は知らなかったのだ。若様みたいに楽観的に考えることは出来ない。

「あの、とりあえず起動するかどうか確かめても良いですか？　それで動いたら、里長さんに話をする感じで……」

「そう、ですね。我々には動かし方も解りませんし、ひとまずお願いします」

「若様はこちらにいてください。動いてはダメです」

「なんで⁉」

「「邪魔になるからです」」

「りふじんだ！」

クレストにがっしりと確保されて、リディは思わず叫んだ。しかし、隠し通路にテンションが上がっている若様が暴走する可能性を考えたら、確保しておくのは当然だ。大人二人に大人しくしていろという圧をかけられて、リディはふてくされながらもそれに従った。

なお、そんな若様を宥《なだ》めるようにエトルが隣で手を握り、ルークスがなでなでと伸ばした身体《からだ》の一部でリディの頭を撫《な》でていた。それでちょっと機嫌が直る若様であった。割とチョロい。

「それじゃ、やってみます」

悠利は青い光が示す順番に従い、ぽちぽちとボタンを押していく。長年使われていなかったとあって少し固かったが、それでも問題なくボタンは押せた。一つ押すとカチリと何かが動く音がするので解りやすい。

そうして順番通りに幾つかのボタンを押し終えたら、鈍い音がして飾り棚が付けられている部分の壁が下がった。後ろに下がり、そして床下へと消える。消えた先には、何やら頑丈そうな石造りの扉が現れていた。

「……隠し通路の扉みたいです」

「……そのよう、ですね」

「かくしつうろ！」

「若様、ダメです。お父上に報告してからです！」

「なんで⁉」

扉が出てきたなら開けるべきだ！　みたいなテンションの若様は、エトルに即座にツッコミを入れられてガーンという顔をしていた。この先に楽しいものが待っているはずなのに、何でお預けなんだと言いたげである。

しかし、やはり里長様に報告して然《しか》るべき案件である。ぶちぶち文句を言うリディをなだめすかして、一同は宝物庫から外へと出るのだった。

……なお、「またやらかしたのか⁉」というアリーの叫びを聞くはめになった悠利は、「わざとじゃないんですぅ……」とぼそぼそと言い訳するのであった。いつものことです。

さぁ行こう！　今すぐ行こう！　と言いたげに満面の笑みを浮かべ、目をキラキラと輝かせたリディの姿に、悠利達は揃《そろ》って乾いた笑いを零《こぼ》すしかなかった。困ったことに、若様のスイッチが入ってしまっている。

◇◇◇

何故こんな状況なのかというと、仲良く宝物庫を見物していたときのやりとりが原因である。

里長の屋敷の宝物庫で悠利がうっかり見つけてしまった地下へ続く隠し通路。突然現れたその扉の先には、何らかの遺跡が存在するらしい。その報告を里長に上げたところ、冒険者であるアリー達に調査依頼が舞い込んだ。本職に頼む方が良いだろうということである。

屋敷の地下なのでそれほど危険はないだろうが、遺跡と名のつく場所ならば侵入者対策がされているだろうし、何より老朽化が心配だ。現役でダンジョンに潜っている冒険者を頼るのは正しい判断と言えた。

未知の遺跡なので少数精鋭で調査に挑むというアリーの方針により、見習い組や訓練生の若手達はお留守番だ。彼等《かれら》も自分達が足手まといなのは自覚しているので、待っている間にそれぞれワーキャット達と交流を深めて自習をしておくという方向で落ち着いている。

悠利は、事の元凶でもあるのでついてこいと言われている。対外的にはそういう扱いだが、正しくは、その規格外の鑑定能力を買われてのことだ。アリーは凄腕《すごうで》の真贋《しんがん》士で【魔眼】の技能持ちだが、それですら見抜けない事象を悠利の【神の瞳】は見抜けるので。流石《さすが》は鑑定系最強の技能である。

そして、悠利が行くのならば当然ルークスは同行する。悠利の護衛を自認しているルークスが、お留守番なんてするわけがない。従魔の先輩であるナージャに何やら発破をかけられており、当人はやる気満々である。

「ゆーり、たんけん！　はやくいこう！」

「まだだよ、リディ。準備が必要だからねー」

「むぅ」

家の地下に突如現れた謎の遺跡。その探検に自分も行くのだと張り切っているリディを、悠利は何とか食い止めている。放っておくと一人で突っ走ってしまいそうだからだ。まだ子供の若様なので、それはよくない。

隠し通路の扉は里長の血族の認証によって開く仕組みらしく、この小さな若様も該当者として十分立派に鍵《かぎ》の役目を果たしてしまったのだ。……果たしてしまったからこそ若様は、遺跡の探検に自分も行くのだと決めてしまった。

一応、扉の向こうを見た感じ、悠利にもアリーにも変な気配やヤバそうな気配は感知出来なかったので、そこまで危険はないだろうという判断は出来た。遺跡内部に、里長の血族にしか起動出来ない装置や、開けられない扉などがある可能性もあるということで、若様の我が儘《まま》が通ってしまったのだ。

勿論《もちろん》、すんなり通ったわけではない。当初は必要があれば里長が駆けつけるという話だった。調査の邪魔にならないようにという配慮だ。そこへ首を突っ込む若様の、「ぼくにもできる。ぼくもたんけんしたい」という我が儘との攻防戦が勃発《ぼっぱつ》したのである。

これは遊びではなく、遺跡の調査だと諭す両親。そんなことは解った上で探検したいって言ってるのだという若様。子供が邪魔をしてどうすると両親。鍵の役目が必要かもしれないからついていくという若様。鍵が必要なら里長が行けば良いという両親。小さい自分なら抱えて運んでもらえるし邪魔にならないとごねる若様。

親子のやりとりはしばし続き、何を言ってもフリーダムな若様が折れないことに両親は頭を抱えた。何故ならば、好奇心旺盛で無駄に行動力のあるリディを知っているからだ。ここで許可を出さなかったとしても、周囲を出し抜いて勝手に潜り込む可能性を否定出来なかった。何せ彼は、一人で鍵を開けられるのだから。

結論として、護衛のクレストと共に若様は遺跡の調査に同行することになった。勝手に暴走されるよりは、監視下に置いて連れて行った方がまだマシだろうということになったのだ。悠利やルークスも一緒なので、比較的話を聞くだろうという判断もあった。

「良いか、リディ。クレストの側《そば》を離れぬこと、一人で勝手に歩き回らぬこと、皆の指示に従うこと。必ず守るのだぞ？」

「はい、ちちうえ！」

「……返事だけは良いのだが……」

はぁ、と盛大なため息をつく里長に、悠利《ゆうり》はそっと目を逸《そ》らした。若様のお返事は大変良かった。キリッとした顔で、真面目に、元気よくお返事してくれた。やる気満々のお返事だ。問題は、いざ遺跡探検となったときに、どれぐらい覚えているかだが。

そんな若様とは裏腹に、どんよりとした雰囲気を放っているのがジェイクだった。しょんぼりしているとも言えた。

「アリー、僕、絶対同行しなきゃいけません……？」

「いつまでうだうだ言ってんだ。こういうときこそ働け」

「うぅ……」

行きたくないなぁ、みたいなオーラを出しているジェイクを、アリーはにべもなく斬《き》り捨てた。完全に一刀両断である。聞く耳を持たない。

その光景を見て、悠利は首を傾げた。不思議なものを見た気分だった。

「あのー、ジェイクさん」

「はい？　何ですか、ユーリくん」

「何でそんな嫌そうなんですか……？　こういうの、嬉々《きき》として調べに行きそうなのに」

そう、悠利の疑問はそれだった。ジェイクは学者らしく知的好奇心が旺盛で、未知の遺跡と聞いたら喜んで調べに行きそうだと思ったのだ。それなのに、何故渋っているのだろうと不思議になったのである。

そんな悠利に、ジェイクはにっこりと笑った。それはもう清々《すがすが》しい笑顔で、彼は言いきった。

「僕は調べるのは好きですが、第一陣は好きじゃないんです」

「……はい？」

「安全が確保された状態でじっくり調べ物をしたいじゃないですか。こんな、手探りで状況を確認しながらではちゃんと調べられないですし」

「うわぁ……」

身も蓋《ふた》もなかった。そして、何かこう、人としてアレだった。安定のジェイク先生という感じはするが。

つまりは、未知の遺跡の調査はしてみたいが、何が起こるか解《わか》らない第一陣、先遣隊のような感じで調査に行くのは面倒くさいから嫌だ、ということらしい。確かに、全体の把握に努めなければならないので、じっくりたっぷり気が済むまで調査をするというのは無理だろう。だからって言い方があるのだけれど。

この人本当に大人としてダメだなぁ、と悠利は思った。その悠利の感想に同意なのか、アリーがぽんぽんと肩を叩《たた》いてくれた。優しい。

そしてアリーは、悠利には優しいがジェイクには優しくないので、アレなことを主張する学者先生を睨《にら》み付けたまま口を開く。

「調査だっつってんだろうが。クーレがいない以上、マッピングもお前がやれ」

「そこもですか⁉　調査のお手伝いだけかと思ったのに……」

「大人しく働け」

「……うぅ、解りましたよぉ……」

はぁ、とため息をつくも、同行する覚悟は決めたらしいジェイク。そのジェイクの肩を、リヒトがぽんぽんと叩いていた。ちなみに彼は、ジェイクの護衛と運搬係として同行することが決定している。体力が子供並みの学者先生が途中で力尽きる可能性も否定出来ないので。

そんなわけで、遺跡調査部隊のメンバーが決定した。調査役としてアリーと悠利、悠利の護衛にルークス。マッピングと知識担当でジェイクに、その彼のお守り役でリヒト。そして、鍵の役目も果たせるリディと、その護衛のクレスト。総勢六人と一匹の精鋭部隊である。

「じゃあリディ、扉を開けてくれるかな」

「まかせろ！」

いざ、冒険の始まりだ！　みたいなテンションで、若様は隠し通路を塞《ふさ》ぐ扉に厳かに手を伸ばした。……ただし、ちっちゃなリディでは高さが足りなかったので、クレストに抱えてもらう。扉の中央のくぼみに掌《てのひら》を押し当てると、鈍い音を立てて扉が開いた。

……ちなみにこの扉、里長様によって開けて貰《もら》って悠利とアリーが周辺を確認していたのだが、若様の冒険欲を満たすために再び閉じたのである。こう、未知の遺跡に続く扉を自分で開けることにロマンがあったらしいので。

「それでは、行ってきます」

「アリー殿、よろしくお願いします。……リディ、皆さんに迷惑をかけるんじゃないぞ」

「はい！」

「……クレスト、目を離さぬように」

「承知しております」

元気よく返事をする若様だが、好奇心でキラキラしている眼差《まなざ》しでは疑わしい。里長様は父親として息子のことをよく理解しているので、護衛のクレストに一言告げるのを忘れなかった。……普段の若様の姿が想像できる。

そんなやりとりをしつつ、悠利達は隠し通路へと足を踏み入れた。先頭はアリー、その次が悠利とルークス。悠利の隣をリディが歩き、クレストはその背後に控える。そして、最後尾がジェイクとリヒトという順番だった。

隠し通路の先は階段になっていて、地下へと続いている。薄暗い遺跡かと思いきや、一定間隔で照明のようなものがあって、意外と明るい。どうやら、扉を開けると照明が起動するようになっているらしい。

石造りの階段を、皆はゆっくりと歩いて降りる。その階段は段差が低く、一段一段が歩きやすい広さで作られていた。横幅もだが、縦幅が狭い階段は足を踏み外しやすいので、それを思うとこれは随分と歩きやすく設定されている。

「階段の段差が低くて良かったね。リディも歩きやすそうだし」

「うん、ぼくもひとりであるける」

「段差のある階段はしんどいもんねぇ……」

「とびおりるかんじのは、たいへん」

「危ないから階段で飛んじゃダメだよ」

こらこらとツッコミを入れる悠利に、リディはだってと唇を尖《とが》らせる。まぁ、言いたいことは解らなくもない。段差の高い階段を子供が降りるときは、手すりに身を委ねてえっちらおっちら降りるか、もういっそ諦《あきら》めて飛び降りるか、格好悪いのを承知で後ろ向きでちょっとずつ降りるかだ。階段の段差は何気に手強《てごわ》いのだ。

そんな風に暢気《のんき》な会話をしていると、ジェイクがのんびりと口を挟んだ。半分独り言みたいな感じになっているのは、彼が周囲を調査しながら思考しているからだろう。

「この階段は手すりもありますし、段差も幅も歩きやすいように作られていますよねぇ。これ、子供や年寄りが通るのを想定して作ってる感じですけど、何ででしょうか」

「え？　歩きやすい階段で良《い》いじゃないですか」

「そこまで階段に気を配るってことは、ここは年齢問わずに大勢が足を踏み入れるのを前提にしていたということですよ。限られた者だけが使う通路ではないということです」

「……それがどうかしたんですか？」

悠利の質問に、ジェイクは視線をこちらに向ける。歩きやすい階段で作ってあるならそれで良いのではないかと悠利は思ったのだ。子供や年寄りが歩きやすいということは、元気な若者も歩きやすいということだ。多分。

しかしジェイクの視点は違ったらしい。様々な遺跡の知識も持っている学者先生は、真面目な顔で告げた。

「ここまでの気配りをしてあるなら、ここは秘匿されるような遺跡じゃないってことですよ」

「と、いうと？」

「こんな風に厳重に隠し通路を設置する必要があるのか、というのが疑問ですね。どう考えても大多数を招くための場所に思えます。そもそも、この通路だって大人が二人、余裕で横並びで歩ける幅ですよ」

学者先生は色々と気になるらしい。悠利には、そんなに気にするようなことかなぁ？　案件なのだけれど。ただ、リディの興味は引いたらしい。若様は興味津々といった眼差しでジェイクを見上げている。

「つまり、ここはどういうばしょだった？」

「まだ何一つ確証はありませんが、集落の民を集めて何かを行う場所だったのではないでしょうかねぇ……」

「なにか」

「儀式とか、祭りとかでしょうか。進んでみないと解りませんけど」

「ぎしき……！」

ぱぁっとリディの顔が輝いた。その単語は、若様のロマンをくすぐるものであったらしい。一気にテンションが上がりそうなリディの手を、悠利はがしっと掴《つか》んだ。そして仲良く手を繋《つな》ぐ。

「ゆーり？」

「一緒に歩こうね、リディ」

「うん！」

まさか逃走防止で手を掴まれたと思ってもいないリディは、お友達と手を繋げて嬉《うれ》しいと満面の笑みだった。ちなみに逆の手はルークスがちょろりと身体《からだ》の一部を伸ばして繋いでいる。微笑《ほほえ》ましい光景だった。

……先頭を歩くアリーは、遺跡の調査のはずなんだがなぁと思いながら歩いているが。言っても無駄なので黙っているだけである。

そうやって地下へ続く階段をそれなりに下った先には、ホールのような広い空間があった。周囲は石造りで、奥の方に祭壇らしき台座と、石碑のようなものが見える。また、周囲にも部屋があるのか、道や扉が見えた。

「広い場所に出ましたね」

「あぁ。……ユーリ、侵入者除《よ》けの有無は」

ちらりとアリーに視線を向けられて、悠利は眼前のホールをじぃっと見つめた。基本的に自動で危険判定をしてくれる【神の瞳《ひとみ》】さんなので、それがない以上危ないことはないだろうと思ってはいる。

それでも、改めて自分で確認してこそ手に入る情報もあるので、周囲をしっかりと見回す。……それだけである程度の情報が手に入るのだから、やはり【神の瞳】さんは凄《すご》い技能《スキル》である。……持ち主がポンコツなのが玉に瑕《きず》だが。

「僕が見た限りは、危険なものは見当たりません。ただ、幾つか制限が見えます」

「制限？」

「鍵《かぎ》が必要っぽい感じで」

悠利の言葉に、アリーはちらりとリディを見た。あちこちを興味津々に見ているので、リディは二人の会話を聞いていなかったらしい。視線を感じたのか振り返るリディは、「なにかあった？」みたいな顔だった。

危険性はないと聞いて、ジェイクはすたすたとホールの中を歩き回る。学者先生はあちこちを検分して、そして一言呟《つぶや》いた。

「もしかしたらここは、避難所も兼ねていたのかもしれませんね」

「避難所？　どういうことだ？」

「石造りの遺跡で地下にあるので、地上の影響は受けにくいでしょう。上に立っているのも里長の屋敷、つまりはこの里で一番強固に作られた家のはずです。大嵐のときなどに住民が避難する場所だったのではないかと思ったんですよ」

「……なるほど」

ジェイクの仮説が正しければ、確かに地下へ降りる階段が歩きやすかったのも納得が出来る。ある程度の道幅が確保されていたのも、大人数で移動しやすくするためだろう。

その仮説を裏付けるような証拠が、付近の部屋から発見された。鍵のかかっていない部屋が幾つかあったので確認したところ、中にはトイレや台所などがあったのだ。流石《さすが》に今は使えないようだが、当時は常に使えるようにしてあったのだろう。

「ここで常に生活していたというほどの設備ではないですし、いざというときの避難場所でしょうね。ただ、食料庫らしき設備はないので、一晩だけ避難するとかそういう扱いだったのではないかと」

「この辺りはそんなに気候が荒れることはないと思うがな」

「アリー、それは今の話です」

「……あ？」

「この辺りの地形が今の状態に落ち着いた時期や、気候が今と同じ状態になったのがいつ頃のことかは解りません。もしかしたら、ワーキャット達がここに里を作った頃には、荒れた天候の季節があったのかもしれませんよ」

にこやかな笑顔でジェイクは告げる。いつも通りの笑顔だが、その口調には迷いがなかった。強いて言うなら、芯《しん》が一本通っているという感じだろうか。学者としての矜持《きょうじ》みたいなものが滲《にじ》み出る発言だった。

アリーもジェイクの言い分に反論するつもりはないのだろう。確かになと呟いて周囲を調べている。ここが避難所として使われていたという仮説が正しいのなら、その情報も含めて報告するべきだろうな、と。

もしかしたら、避難所として使う必要がなくなった頃から使用頻度が減ったのかもしれない。特定の儀式のときだけに使われていたとすれば、ここへ足を運ぶのは関係者だけになる。そうなると、どこかのタイミングで隠し通路の存在を伝えそびれて忘れ去られた可能性がある。

そんなジェイクとアリーのやりとりを見ながら、悠利《ゆうり》はぼそりと呟いた。

「……ジェイクさんって、本当に凄い学者先生なんですね」

「ユーリ、もうちょっと言い方を考えてくれ……」

思わず本音がこぼれた悠利に、リヒトがため息をつきながらツッコミを入れた。確かに普段が普段なのでギャップが凄いというのはリヒトにも解《わか》る。解るのだが、そんなあからさまな言い方をするのは止《や》めてやってくれ、という心境なのだろう。いい人だ。

クレストは大人なので聞かなかったフリをしつつ、リディのお守りをしていた。リディの方はあちこち探検するので大忙しで、全然聞いていない。

ちなみにルークスは、このホールに入った瞬間、お掃除しなくちゃモードになってはりきって掃除をしている。……危険がないと理解出来たので、悠利の側《そば》を離れて遺跡のお掃除を開始したのだ。長年使われていなかったので流石に汚れがあるのは仕方ない。そこを見逃せないのがルークスなのである。

……従魔として間違ってるとか、スライムとして間違ってるとか、そういうのはもう諦めてください。今更です。掃除はルークスのアイデンティティーみたいになっているので。

「ところであの祭壇っぽいのと石碑ってなんですかね？」

「儀式とかで使ってたんですかねぇ。石碑の方は、古代文字で書かれていますね。それもこれ、結構昔のものかつ、ワーキャットやワーウルフなどが使う文字ですねぇ……」

「……見ただけでそれが解っちゃうジェイクさんすごーい」

「まぁ、古い資料を読みあさるのも学者の嗜《たしな》みなので」

悠利の身長と同じぐらいのサイズの大きな石碑、みっちりと書かれている謎の文字。とりあえず何か文字っぽいのが書かれてあるなぁとしか解らない悠利と違って、ジェイクはそれが何の文字か一瞬で理解したらしい。流石学者先生である。

解読するなら本腰を入れてやらないとダメなんだろうなぁと思って、悠利はとりあえずその場を離れた。そして、未だ調べることが出来ていない部屋の前に立つ。

扉の見た目は他のものと変わらない。ただ、扉の取っ手の下部分にくぼみがあるのだ。ついでに、悠利が触ってもウンともスンとも言わない。開けられないのだ。

「ゆーり、なにしてるんだ？」

「うーん、この扉、僕じゃ開けられないんだよね」

「おもいの？　くれすと」

「はい」

重たい扉ならば力持ちに頼めば良いと、リディは隣のクレストを呼んだ。心得たクレストが取っ手に手をかけるが、力を込めても扉は動かない。ぱちくりと思わず目を見開くリディに、悠利は笑って告げた。

「この扉、鍵がかかってるみたいなんだよね」

「かぎ？」

「そう、鍵。リディ、このくぼみのところに手を置いてくれる？」

「ん、わかった」

悠利に言われるままリディがくぼみに手を置くと、カチリと何かが外れる音がする。首を傾《かし》げるリディの前で、悠利は彼が手を離した扉に手をかけた。今度は、簡単に扉が開く。

「あいた！」

「うん、開いたね。鍵を開けてくれてありがとう、リディ」

「ぼく、やくにたった？」

「勿論《もちろん》」

「やった！」

悠利の言葉に、リディはふふんとドヤ顔で鼻を鳴らした。どうだ、僕は足手まといなんかじゃなくて、立派に役目を果たしているんだぞ、とでも言いたいのだろう。そんな若様の心境が手に取るように解るクレストは、そうですねと相づちを打っていた。

まぁ、確かにお役には立ったのだ。それに、一人で勝手に走り回らないとか、指示には従うとか、いつもなら秒で飽きて忘れる約束事を今回はきちんと守っている。若様も一応成長しているのである。

……だったら普段からそうしてほしいと思うのが側仕えの正直な感想だが。

まぁ、それもこれも、地下へ続く階段を降りたら広々としたホールと、周囲に部屋が幾つかあるというシンプルな作りの遺跡だったからかもしれない。侵入者対策の仕掛けなども存在しないし、若様の冒険心をそこまで煽《あお》るようなものがなかったのが幸いだ。

とはいえ、見知らぬ地下遺跡というだけでリディのテンションは爆上がりなので、冒険心はちゃんと満たされているらしい。良かった。

開いた扉の中へと入ると、どうやらそこは道具を片付けておく部屋らしい。綺麗《きれい》に整理整頓《せいとん》され、棚には様々な道具が並べられていた。恐らくは、儀式で使うものなのだろう。

「なるほど。大事なものが置いてあるから、ここは鍵がかかってて、血族にしか開けられないようになってるのか……」

指紋認証みたいな血族判定による開閉システムは、ちょっと近未来っぽくて悠利はわくわくする。ワーキャット達にはお馴染《なじ》みのことらしく、特に何も反応していないが。その辺り、やっぱりここは異世界で、ファンタジーなんだなぁと思う悠利であった。

悠利と一緒に部屋に入ったリディは、うろうろと部屋を歩き回り、棚の中の道具を見ていた。若様のわくわくを刺激する楽しい部屋らしい。

そのリディの動きが止まる。止まって、ぽつりと呟いた。

「ぎんの、ごぶれっと」

「え？　リディ、何か言った？」

「あのおくにあるの、ぎんのごぶれっとだ」

「へ……？」

「くれすと、とって！　ごぶれっと‼」

「は、はい、若様」

大声を上げたリディに驚きつつも、クレストは言われたものを取る。リディが示していたのは棚の上の方、他の道具の後ろになるように隠れていた銀色の物体だった。ちらりとしか見えなかったので、悠利にはそれが何か判別出来なかったが、リディはそれがゴブレットだと一瞬で見抜いていたらしい。

クレストがそっと取り出したそれは、紛《まご》うことなく銀色のゴブレットだった。リディが家宝だと悠利に教えてくれた金のゴブレットと同じデザインの、銀色のゴブレット。いつの間にかなくなったと言っていた、家宝の片割れだ。

「ぎんのごぶれっとだ……。そうだな、くれすと！」

「はい、その通りです若様。このデザインは、間違いなく銀のゴブレットです」

「やった……！　ゆーり、おたからをみつけた……！」

「本当にそれが、家宝のゴブレットなの？」

「そうだ。ぼくはみまちがえたりしない」

きっぱりはっきり言いきるリディ。確かに、金色のゴブレットと同じデザインだった。何でまたこんなところに、それも棚の奥にしまい込むように隠されていたのかは謎だが。

リディは感動していた。地下遺跡を探索するだけでなく、失われていた家宝まで発見出来たのだ。大冒険である。たとえ移動距離はちょっと地下への階段を降りただけだったとしても、まだ子猫の若様にとっては十分大冒険と呼べるものだった。

「凄いね、リディ。リディがいたからこの部屋に入れたし、そもそもリディが宝物庫に案内してく

れなかったら隠し通路も見付からなかったもんね」

「つまり、ぼくのおかげか」

「そうなるね」

「ぼくはやったぞ！　えらい！」

「うん、リディ、偉い！」

俄然《がぜん》盛り上がる若様。ただし、盛り上がっていても銀色のゴブレットは大事に両手で抱えている。これが大切な家宝で、なくなってしまってご先祖様がとても悲しんでいた大切なものだということを、幼いながらもリディは理解しているのだ。だって若様なのだから。

悠利達が騒いでいると、アリー達も何事かと覗《のぞ》きにやってくる。そこで行方《ゆくえ》不明だった家宝のゴブレットの片割れを発見したことを伝えると、途端にジェイクの目が輝いた。

「家宝のゴブレットとはどういう品物なんですか？　ちょっと見せていただいてもよろしいで、むぐっ⁉」

「このバカのことは気にしないでくれ。そんな大事なものが見付かったのなら、一度地上に戻ろう。遺跡の全体図も把握出来たし、石碑のことも報告しなきゃならん」

「そうですね。若様も十分満足されたようですし」

ハイテンションでぶっ飛ばそうとしたジェイク先生は、アリーに頭を殴られ、リヒトに口を塞《ふさ》がれて大人しくなった。そのまま、ずるずるとリヒトに引きずられていく。それでもまだじたばたしていたので、色々と諦《あきら》めたリヒトによって担がれていた。

そして、遺跡が安全だと解ったのもあるので、一度戻って報告しようという方針に異論は出なかった。大冒険を満喫した若様は、銀色のゴブレットを抱きかかえながら満面の笑みだ。

「ぼくのてで、ちちうえにおわたしするんだ」

「階段を上るときはお預かりしますよ」

「いやだ」

「……では、若様を抱えますよ」

「わかった」

それで良いんだ……と皆は思った。遺跡探検でわくわくしているから自分で歩くと言い出しそうなのに、銀色のゴブレットを自分が持ち運ぶことの方が大事なのか、抱きかかえられるのは構わないらしい。言質《げんち》を取ったクレストは、さっさとリディを抱き上げていた。

そのままスタスタと歩き出す大人達。その後ろをとてて、と歩きながら、悠利は視線をうろうろさせる。少ししてルークスの姿を発見したので、お掃除中の従魔に向けて声をかける。

「ルーちゃん、一度地上に戻るよー」

「キュピー！」

解《わか》ったー！　とでも言いたげにぽよんと跳ねて、ルークスは悠利の下へとやってくる。短時間で遺跡のお掃除をそれなりに頑張ったらしく、あちこちピカピカだった。出来るスライムは今日もしっかりお仕事をしていたようです。

そんなこんなで若様の小さな大冒険は、大きなお宝を発見して終わるのでした。両親に褒められてとても嬉《うれ》しそうな若様なのです。

◇◇◇

地下遺跡の簡単な調査を終えて、行方不明だった家宝の片割れ、銀色のゴブレットを里長に届けた悠利《ゆうり》達は、昼食を終えてから再び遺跡に潜っていた。彼らの目的は、古代言語で書かれた石碑である。

「……うぅ、何で僕まで……」

「お前も手伝えるだろうが」

「それはそうですけどもぉ……」

しょぼんとしている悠利にアリーのツッコミが飛ぶ。確かに言われていることは理解している。この作業は自分にも出来ることも。だからって、昼食が終わってすぐに連行されるなんて悲しいのだ。

……だって悠利は、もしも自由時間がもらえたなら、美味しい料理を色々と教えてもらおうと思っていたのだから。残念ながら遺跡の調査が突発事項として入ってきたので、悠利の自由時間は潰《つぶ》れました。適材適所なので仕方ないのです。

ちなみに、悠利に同行してきたルークスは、既に遺跡の掃除をやっている。先ほどやり残した分があるらしく、キュイキュイ鳴きながら楽しそうにお掃除中だ。今日も絶好調である。

「まぁまぁ、ユーリくん。諦めてください。何せ、滞在日数が足りないんですよ」

「自分達の古代語の翻訳なのに、里の皆さんで出来ないものなんですか……？」

「これは一般的に古代語と言われているものよりも更に古い時代のなので、ちょっと難しいんでしょうねぇ」

「そうですか……」

石碑の翻訳作業ということで、当然ながらジェイクもその場にいる。というか、最初はジェイクがこの仕事を担当するはずだったのだ。何せ学者先生である。どんな言語で書かれているかも理解している。

しかしここで立ち塞がったのが、彼等《かれら》の滞在期間という現実だった。

ジェイクにも翻訳作業は出来る。しかしそれは、時間をかければという話だ。流石《さすが》に普段使っていない言語なので、スラスラと読めるわけではない。また、地域ごとの言い回しの特性なども存在するので、それらを調べながらとなると更に効率が落ちる。

そこでジェイクが提案したのが、鑑定持ち二人による石碑の翻訳作業であった。本気を出して鑑定すれば、何て書いてあるのか読み取るぐらいは出来るだろう、と。

なお、それが出来るというのはアリーが明言してしまっていた。昔、そういう仕事を請け負ったことがあるらしい。あくまでも目の前に書かれている文章を、今の自分達の言語に翻訳するということしか出来ないが。

今回のような場合は、内容が解れば良いのでそれで問題はなかった。これが、言い回しなどの文法的な要素を調べるとかであると、きちんとその言語を理解した上での翻訳が必要になるのだろうが。

「アリーとユーリくんが手伝ってくれたら早く終わると思いますからね。どうぞよろしくお願いします」

「頑張ります……」

「そこまで露骨に落ちこむな」

「だって、美味しい料理を教えてもらおうと思ってたんです……」

「……さっさと終わらせて聞きに行け」

「はぁい」

しょげてる理由はそこなのか、と言いたげな顔をしたアリーであったが、口にしたのは別の言葉だった。悠利がお料理大好きで、食べるのも作るのも大好きなのを知っているので、今更言っても無駄だと思ったのかもしれない。

そこで悠利もしっかりと気持ちを切り替えた。いつまでもうだうだ言っていても仕方ない。お手伝いした方が早く終わるし、ジェイクの負担も軽くなるのだ。そしてそれは、美味しい料理でおもてなししてくれたワーキャットの里の皆様のためにもなるはずだ。そう思って悠利は頑張ることにした。

祭壇の傍《かたわ》らにあった石碑は悠利の身長ぐらいの大きなもので、そこにみっちりと刻まれた文章の翻訳が彼等の仕事だ。表と裏に文字が書かれているので、片面をアリーが担当し、もう片面を悠利とジェイクが担当することになる。

悠利は鑑定能力はピカイチだが、生憎《あいにく》とこの世界の文化や歴史にはちょっと疎い。悠利向けに翻訳された内容がちゃんと合っているのかを確認するためにも、悠利が読み上げてジェイクが記述するという方向に決まったのだ。そしてアリーは一人で作業が出来るので、一人で頑張って貰《もら》うという流れである。

「それでは悠利くん、頭から読んで貰えますか?」

「了解です。この何か飾りがついて強調されてるみたいなてっぺんの部分いきますね」

「はい」

「えーっと、『我らが祖の成り立ち』ってなってますね」

「我らが祖、ですか。……それは種族的な感じか、一族的な感じ、どっちか書いてます?」

「ちょっと待ってくださいね……」

題字と思《おぼ》しき部分はシンプルだが、ジェイクに言われた言葉を悠利はちょっと考えた。考えて、そしてもう一度石碑を見ると、先ほど見えた翻訳内容がちょっとだけ変わった。

「あ、『我らが血脈の祖の成り立ち』ってなりました」

「血脈ってことは一族的な意味ですね。この集落のワーキャット達のご先祖様のことについて、ということですか。……ところでユーリくん、なりましたってどういうことです?」

「……翻訳結果が変わったという意味です」

「……変わったんですか」

「何か、補足説明的な……？」

「……何で変わるんですか？」

「……解らないです……」

そんなことってあります？　というジェイクのツッコミに、悠利はそっと目を逸《そ》らした。一般的な鑑定能力がどういうものか、悠利には解らない。でも、悠利向けに色々とアップデートされている【神の瞳《ひとみ》】さん的には、アリなのだ。多分。

ちらっと悠利は反対側で作業をしているアリーを見た。二人の会話が聞こえていたらしいアリーもこっちを見ていた。二人の目が合った。

そして、アリーは思いっきり悠利から目を逸らした。つまりそれは、普通はそんなんじゃねぇという意思表示だった。口に出さなかったのは、言っても今更だということと、ジェイクがいるからだろう。二人きりだったら、「お前の技能《スキル》は何でそんなデタラメなんだ！」というツッコミが飛んでいたはずだ。

そんな二人のやりとりはジェイクには見えていない。学者先生は首を傾《かし》げつつも悠利が告げた内容を記述して、別紙にメモ書きのように追記を書いている。今のやりとりを見られていなかったので、悠利はとりあえず「よく解らないけど、自分の理解や認識で翻訳が変わっちゃうらしい」という方向でゴリ押すことにした。

というか、他に理由の説明が出来なかった。

「多分、僕の理解とか認識がアリーさんやジェイクさんより足りてないので、そこが補われたら翻訳に反映されるんじゃないかなーと思います。ほら、鑑定での翻訳って、文法的なところより、技能の所持者に理解出来る内容にするって感じっぽいので」

「そういうものですかねぇ？」

「そういうものなんじゃないですかねー。僕もよく解らないですけどー」

えへへと笑う悠利。アリーは口を挟んでこなかった。余計なことを言って藪蛇《やぶへび》になりたくなかったのだろう。なので悠利は全力でとぼけることにしたのだ。

はたして結果はというと――。

「まぁ、ユーリくんですし、そういうこともありますかね。とりあえず翻訳作業が出来るなら問題ありませんし」

「ですです。僕、頑張ります！」

「では、続きもお願いしますねー」

「はーい」

ジェイクが細かいことをあんまり気にしなかったので、無事にごり押しでどうにかなった。これは、ジェイクの興味が石碑の翻訳の方に向いているからである。興味が悠利の技能の方に向いていたらもうちょっと食い下がったのだろうが、今回は不幸中の幸いだった。

なので、悠利も気を取り直して翻訳作業に取りかかる。翻訳と言っても【神の瞳】さんにお任せなので、悠利は目の前に出てきた翻訳文を読み上げてジェイクに伝えるだけだが。

「えーっと、『我らは遠く、山を幾つも越えた先よりこの地に至る。彼《か》の地は争いに明け暮れ、我らの安寧は遠かった』」

「ふむふむ。昔は今のように情勢が落ち着いていない可能性はありますから、平和主義者達が逃げてきたというのはあり得ますね」

「やっぱりどの時代も争いってあったんですね」

「何から逃げてきたかにもよりますよ。魔物から逃げてきた場合もありますし」

「あ、それもそうですね」

ジェイクの言葉に、悠利は素直に頷《うなず》いた。争いが何もヒト種間の戦争とは限らないのだ。その可能性をちょっと忘れてしまっていた悠利であった。

現代日本育ちの悠利は、ついうっかり魔物の存在を忘れてしまう。何せ、側《そば》にいるのは賢くて話の通じる従魔のルークスや、アロールの保護者として立派に務めを果たしているナージャなのだ。魔物に対して怖いという感情が出てこない。

そもそも、基本的に王都から出ない悠利にとって、魔物の危険性を実感しろというのは無理な話だろう。悠利の中の魔物への認識が八割、魔物イコール美味しいお肉になっている感じなので。

「続きを読んでも大丈夫ですか？」

「はい、大丈夫です」

「解りました」

悠利が伝えた内容を記述し、更に別紙にメモも書き添えるジェイクの作業が落ち着いたのを見計らってから、悠利は続きを翻訳する。二人三脚みたいなものである。二人の呼吸を合わせるのが大切だ。

「では……。『木々に満ちあふれ、安定した土地であるこの森に、我らの里を築く。ひとまずは外界と接することはせず、一族の平穏と安寧に努めることとした』」

「今と地形が似た感じだったとしたら、当時から森のど真ん中ですよね。隠れるのに適していたということでしょうか」

「ワーキャットさん達は猫ですし、何かあれば木の上に逃げられますもんね」

「そうですね」

安全な住処《すみか》を求めて移住したワーキャットの先祖達は、この自然豊かな森で静かに暮らすことを選んだのだろう。外界と接しない道を選んだのは、外の世界に争いが満ちていたからかもしれない。ひとまずはと書いてあることから、外と交流するつもりがなかったわけではないというのが読み取れる。

もしかしたらそれは、仲間の中の弱者を守るための行動であったのかもしれない、と悠利は思った。もしも争いに巻き込まれれば、弱い者達が犠牲になる可能性が高い。勿論《もちろん》、皆を守るために最前線に立つ戦える者達も犠牲になるだろう。それでも、守るべき弱者が犠牲になれば、戦う者達の心も折れるというものだ。

この森に集落を作り、閉じこもって平和を維持したというワーキャット達のご先祖様。この石造りの遺跡を作るような力があった彼等でも、争いに巻き込まれればただではすまなかったということなのだろうか。

そんな風に思いつつ、悠利《ゆうり》は続きの翻訳作業に取りかかった。

「続き読みますね」

「お願いします」

「えーっと、『我らをこの地に導き、この遺跡を作りしは、偉大なりし魔法使いマギサであ、』うぇえええええ⁉」

「ユーリくん、変なところで切らないでください。どうしたんですか？」

「いや、あの、ちょっと待ってくださいね。確認したいことが……」

ツッコミを入れるジェイクをスルーして、悠利は石碑の文章をもう一度確認する。間違いなくそこには、魔法使いマギサと書かれていた。

魔法使いマギサという存在を、悠利は知っている。ワーキャットに伝わる昔話、子供向けのおとぎ話のようなものに出てくる、里のワーキャット達に多大なる恩恵を与えた偉大な魔法使いの名前が、マギサだという。

リディが大好きなお話で、リディが尊敬している魔法使いマギサ。リディはその尊敬する存在の名前を、友達となった収穫の箱庭のダンジョンマスターに付けたのだ。だから悠利も、その名前を知っていた。

知っていたのだが、初代様の頃から存在するであろう一族の起源に関する石碑に、その名前が出てくるとは思わなかったのだ。だって、おとぎ話の中に出てくるだけの存在だと思っていたのだ。魔法使いはそういう、子供の夢を詰めこんだ何かだろう、と。

悠利がそう思ってしまったのは、今この世界に魔法が存在しないからだ。魔法のような道具、魔法道具《マジックアイテム》は色々と存在する。でも、魔法は存在しない。魔法を使える者もいない。だから魔法使いは伝説上の、おとぎ話の中の存在だと思っていた。

「魔法使いがいたって書いてあるんです」

「そう読み上げてましたね」

「魔法使いって、実在したんですか⁉」

「記録上は存在したとなってますけど、事実かどうかはちょっと僕にも解《わか》りませんが……」

「僕、魔法使いっておとぎ話の中の存在だと思ってたんですよ……」

「まぁ、普通はそう思いますよ」

衝撃を受けている悠利と違って、ジェイクはケロリとしている。昔の記録を読んでいるときに、こういう記述に遭遇したことがあるのだろう。

しかし、悠利は思う。自分達の血統の正しさ、正当性などを示すために書かれた物ならば、そこに創作が加わる可能性はあるだろう。けれどこの石碑は、あるがままを記してあるように思える。そしてその話が伝承となり、子供達へ語る昔話になったのだろう、と。

あくまでも何となくだし、悠利の個人的な感想にすぎない。真実は誰にも解らない。その時代から生きているような長命種にでも聞いてみないことには、さっぱりだ。でも、そうだったら良《い》いなと悠利は思った。

「その魔法使いマギサは何をした方なんですか？」

「翻訳の全文は後でもう一度読み上げますけど、ざっくり説明すると、この場所を探し出してワーキャット達を移住させ、その道中も魔法で守ってくれたそうです」

「だから石碑に記されてるんですね」

「それだけじゃなくて、集落を作るときにこの地下施設を作ったり、家宝のゴブレットを作ったり、里長一族に反応する鍵《かぎ》を複数作ったのも、その魔法使いマギサらしいです」

「おや、大活躍ですね」

「です」

ワーキャット達に多大な恩恵を与えたという魔法使いマギサ。突然変異種なのか何なのか、その外見はワーキャット達と同じだと記されている。二足歩行する猫の魔法使い。大変ロマンのある存在だ。ちょっとファンシーである。

単に道中の守護者というだけであったなら、もっともらしく並べられた伝説の可能性はあった。しかし、施設を作り、ゴブレットを作り、鍵を作ったのが魔法使いマギサだというなら、少なくともその名を持つ存在は実在したということになる。

彼が本当に魔法使いであったのか、魔法が実在したのかは定かではない。だが、成果物の存在が今も受け継がれている以上、魔法使いマギサの存在を疑うことは出来ないだろう。その名前を持ち、ワーキャット達を助けた存在がいたのは間違いないのだから。

それはジェイクも同感だったのだろう。ふむと小さく呟《つぶや》いてから言葉を続ける。

「施設の製作者となると、存在の信憑性《しんぴょうせい》が増しますね」

「ジェイクさんもそう思います？」

「この地へ辿《たど》り着《つ》くまでのお話であったなら、作り話の可能性も否定はしませんでしたが。これほど立派な施設を作り上げた存在と言うなら、少なくとも実在していたのは事実でしょう。魔法使いであったかは置いといて」

「そこは置いとくんですね」

「魔法使いと呼ばれるほどの技量を有していた、というだけの可能性もありますし」

「身も蓋《ふた》もないですぅー」

そこは魔法使いがいたで良いじゃないですか、と悠利は唇を尖《とが》らせた。悠利はまだ未成年のお子様なので、そういうロマンは感じていたいのだ。しかし、リアリストらしい学者先生はにこにこ笑って言い切った。

「魔法の存在が立証出来ないので、そこは保留です」

「むぐぅ……」

「勿論、僕も魔法使いや魔法にロマンは感じますよ。いたら良いなぁとか、実在するなら会ってみたいなぁとか思いますし」

「あ、そこはジェイクさんも思うんですね」

「当然です」

自信満々に言いきると、ジェイクはその理由を教えてくれた。ある意味で悠利の予想を裏切らない答えを。

「目の前で魔法を見せて貰《もら》って分析して、再現可能かどういう過程で発生しているのか、どういう存在が使うことが出来るのかを調べたいですしね」

「わー、安定のジェイクさーん」

知的好奇心で生きている学者先生は、今日も何一つブレなかった。まぁ、そこでブレたらジェイクらしくないなと考えてしまうので、まぁ良いかと思う悠利だった。むしろいつも通りだったのでちょっと安心した。余所《よそ》に来ていてもブレない仲間を見ると、何だか実家にいるような安心感を抱いてしまうのだ。

そんな風にわちゃわちゃ雑談を交わしつつ、二人三脚での翻訳作業は続く。一人で黙々と作業を進めているアリーから、時々「お前ら脱線してないでさっさと作業しろ」というツッコミが飛んでくるのだが、それもまたお約束である。

その後、翻訳作業を終えて結果を報告する場に同席していた若様が、魔法使いマギサは実在したらしいと知って大興奮するのでした。憧《あこが》れの存在が本当にいたと解ったのがとても嬉《うれ》しかったようです。

◇◇◇

ほんの少しのトラブルはあったものの、何だかんだで楽しくお泊まりは終了した。知らなかった世界を知り交流出来たことは、悠利達《真紅の山猫《スカーレット・リンクス》》側だけでなく、ワーキャットの里の子供達にとっても良いことだった。

今も、別れを惜しむように沢山の子供達が《真紅の山猫》の面々と言葉を交わしている。この数日の交流で仲良くなったのだろう皆の姿は、実に微笑《ほほえ》ましかった。

ロイリスの周りには少女達が集まって、土産として様々な細工品を渡していた。ワーキャットの里の細工品は王都で売られているものとはデザインが違うので、ロイリスの今後の参考になるのではないかということだ。

「こんなに沢山貰っても、大丈夫なんですか？」

「大丈夫よ」

「そうそう。それに、貴方《あなた》が作ってくれたものがあるから」

「そうだよー。おにいちゃん、ありがとう」

そう言って笑う少女達の手には、細工品があった。それは別に、アクセサリーだとか雑貨だとかになるほどのものでもない。金属の板に、ロイリスが文様を彫っただけの飾りだ。アクセサリーにするならそこからさらに加工が必要になるだろう。

けれど、ロイリスが自分の得意な繊細な文様を刻んで、色々な話を聞かせてくれた少女達にお礼として渡したものである。この交流の証《あか》しのようなものだ。だから彼女達は満面の笑みを見せている。

似たような現象が起きているのが、ミルレインと少年達だった。こちらは物品の交換はしていないが、少年達は鍛冶《かじ》士の仕事を目の前で見るという得難い経験をした。そのときの話を面白そうにしているのだ。

「姉ちゃん、すっげー上手に鋼打つよなー」

「っていうか、何であの重いハンマー持てたの？」

「アタイは山の民だからな。力はあるんだ。それに、日々鍛えてる」

「やっぱり鍛えなきゃダメかなー」

「筋肉は大事だぞ」

大真面目な顔で告げるミルレインに、少年達は確かにと頷《うなず》いていた。別にそこにいるのは鍛冶士の子ばかりではないのだが、やはりやりたいと思う仕事に腕力や体力、筋力が必要だと思うらしい。鍛えたら鍛えた分だけ強くなれるのは、解りやすくて良いのかもしれない。

ラジやリヒトには幾分か年かさの男の子が別れの挨拶《あいさつ》をしている。当初こそ幼い子供達にもみくちゃにされていた虎獣人のラジだが、気付けばリヒトと共に冒険者に興味を持つ男の子達に懐かれていたのだ。

それは多分、二人が見るからに前衛と解るからだろう。ワーキャット達は身体能力が高いが、戦闘に長《た》けているかと言われるとそこは個人差がある。猫は大型獣に比べて戦闘本能は薄く、仲間を守るためなら戦いに身を投じるが、基本的にはまったり生活するのが性に合っているのだろう。何せ、猫なので。

別に戦いが男の仕事などと言うつもりはない。ただ、女子に比べれば肉体的に優れているのは事実だった。種族が異なればまた違うだろうが、同族内で考えればやはり体力も腕力も男の方が上だ。

だからこそ彼等は、戦うことを生業《なりわい》にする二人に興味を持つのだろう。

例えば、里を襲う外敵と戦うため。例えば、行商に出掛ける仲間を道中守るため。生きるため、食料を求めて魔物と戦うこともあるだろう。この世界で生きるとはそういうことで、いつか自分達が戦う側としての役目を担うかもしれないと彼等は思っているのだ。

とはいえ、何も交流はそんな深刻な背景を背負ったものばかりではない。イレイシアの傍らに集まる子供達は、彼女が教えてくれた異国の歌を楽しんでくれた。……歌うのは音痴なのでご遠慮したイレイシアだが、彼女の楽器の演奏の腕前は見事なものだ。

ちなみに、子供だけでなく大人にもファンを作ってしまい、気付けば隙間時間には広場でプチコンサートみたいな状態になっていたのはご愛敬だ。その代わりにイレイシアはワーキャット達の歌や曲を沢山教わったので、吟遊詩人として少し成長出来たと思っている。

そんな風に穏やかに別れを惜しんでいる中で、何やら騒々しい一角がある。見習い組と、彼等と里を舞台に鬼ごっこやかくれんぼをして遊びまくった子供達の集団である。

「絶対、絶対また来て！」

「次も勝負しよう！」

「今度はちゃんと見つけるから！」

「……………諾？」

「「どういう意味⁉」」

子供達に熱烈に誘われているのは、マグだった。いつも通りの何も考えていないような、無表情と面倒くさいの間みたいな顔でぼそりと呟いたマグに、子供達は思わず叫んだ。何が何やらさっぱり解らなかったからだ。

成り行きを見守っていたカミールとヤックは、ぽんぽんと両サイドからウルグスの背中を叩《たた》いた。諦《あきら》めて仕事してくれ、という意思表示。ウルグスは今日もマグの通訳から解放されることはなかった。

「あー、来るのは別にそこまで嫌じゃないが、その判断を下すのは自分じゃないから来られるかどうかは知らない、だと」

「今のそういう意味だったの⁉」

「何で解るんだよ！」

「なぁ、あってんの？」

「諾」

「その通りだって言ってる」

ギャーギャー騒ぐ子供達に、平然としているマグとその言葉を律儀に通訳するウルグス。とても見慣れた光景に、カミールとヤックは相変わらずだよなぁという風に肩を竦《すく》めた。

ちなみに、子供達がここまでマグに食いついているのは、鬼ごっこで逃げられまくり、かくれんぼでは時間切れまで隠れきったマグと再戦がしたいからだ。そう、マグはワーキャットの子供達との鬼ごっこで、とりあえずは逃げ切ったのだ。

鬼ごっこは、捕まらなければ良い。姿は見えてもかまわない。腕が届かなければ良いのだ。十分に里の下見を済ませたマグは、追ってくるワーキャットの相手をしながら適切なルートを逃げまくり、時間切れまで逃走しきった。身体能力で劣ろうと、ルート取りと適宜隠れつつで逃げ切ったのだ。

その後のかくれんぼでは、流石《さすが》に嗅覚《きゅうかく》を使われると不公平すぎるということで鼻を封じられたワーキャット達は、隠密の技能《スキル》持ちでもあるマグを見つけることが出来ずに悔しがっていた。ウルグスやカミール、ヤックは見付かるのだが、マグだけが何故か見付からない。そこにいるはずなのに気配が感じられないのだ。

ちなみに、マグの隠れ場所に関しては、何度か繰り返す内にウルグスは予測がつくようになったらしく、彼だけはマグを発見していたが。……そして発見されたマグが不機嫌そうにふてくされていたが。それを見ていたので、子供達は次こそ自分達が捜し出す！　と燃えているのだ。

「皆、仲良くなったみたいで良かった」

「キュイキュイ」

「ルーちゃんもお手伝い頑張って皆と仲良くなったんだよね？」

「キュピ」

暇な時間はお屋敷の掃除を頑張ったルークスは、悠利《ゆうり》の言葉にえっへんと胸を張るような仕草をした。愛らしいスライムがせっせとお掃除を頑張ってくれる姿は微笑ましく受け取られ、ルークスは大人気だった。

あまりにも大人気で、お家《うち》の強固な汚れに悩む奥様達に頼まれて出張サービス的なこともしていたが。頼られて褒められて、なおかつお土産にお菓子を貰ったルークスはご満悦だった。

ちなみにそのお菓子は、悠利達のお腹《なか》に消えている。ルークスもちょっとは食べたが、それより何より美味しそうなお菓子を貰ったので皆にお裾分《すそわ》けを、という方向になったらしい。……普通のスライムはそんな発想にならないらしいが、ルークスなので今更です。

そんな風に微笑ましい会話をしつつ、悠利は足元をゆさゆさと揺さぶった。正確には、がっちりと自分の足にしがみついている小さな物体を揺さぶっている。

「あのね、リディ。僕達は帰らないとダメなんだよ？」

「……やだ」

「やだじゃないんだよね……。お泊まりは終わりで、家に帰るんだってば……」

「ここにすめばいい」

「良くないんだよ」

ぷぅと頬を膨らませたまま、若様は不機嫌そうに呟《つぶや》いている。悠利の足にしがみついているのは、何で帰るんだという意思表示だった。……つまるところ、若様はまだまだ友達と遊び足りないのである。

連絡を寄越したときは、来てくれるだけで十分嬉しかったのだ。しかし、実際こうして顔を合わせて数日を一緒に過ごすと、もうこのままずっといてくれたら良いじゃないかということになったらしい。悠利達のいる楽しい時間を、続けたくなったのだ。

その気持ちは解《わか》らなくもない。確かにワーキャットの里は楽しいし、お友達であるリディと過ごす時間は悠利にとっても楽しい。だがしかし、ここは悠利達の家ではない。戻る場所は別にあるのだ。

「リディがまたうちに遊びに来てくれるとか、僕らが遊びに来るとかするから、ね？」

「ゆーりたちがいっしょのほうが、べんきょうもあそびもたのしい」

「それはそうかもしれないけど……」

「ずっと、それがいい」

ぼくとあそんでくれるから、とリディはぼそりと呟いた。その言葉は、その場に居合わせた者達の胸に刺さった。リディの両親である里長夫妻と、フィーアとクレスト、エトルに、アリーとジェイク。《真紅の山猫》の面々にまとわりついている沢山の子供達は、リディにとって遊び相手ではないのだ。

若様という立場は、気楽に言葉を交わして一緒に走り回って遊ぶ相手さえ、選べない。別に嫌われているわけではない。ただ、若様に何かあってはいけないという理由で、同世代の子供達がやるようなちょっとやんちゃな遊びは許されないのだ。

勉強だって、他の子達と一緒に教会で学ぶとかではない。若様はお屋敷で、家庭教師の先生から勉強を教わる。隣に、学友のエトルを置いて。皆と一緒ではない。皆と一緒にはいられない。幼いながら立場を理解しているリディは、だからこそ悠利達と一緒がいいと言いだしたのだ。

その辺りのことを理解しつつ、悠利はぽんぽんとリディの頭を撫《な》でた。そして、言い聞かせるように優しく告げる。

「でもねぇ、リディ。そうやって僕達がずっとここにいたら、それが普通になって、慣れちゃって、何にも楽しくなくなるかもしれないよ」

「……え？」

「普段と違うわくわくも、特別なことをしているという楽しさも、感じられなくなっちゃうと思うんだよね」

「……むぅ」

「だから、特別は残しておいた方が良《い》いと思うよ？」

にっこり笑顔の悠利に、リディは小さく唸《うな》った。悠利の言葉には謎の説得力があった。確かに、この数日はリディにとって特別な時間だった。普段と違う人たちがいて、普段と違う行動をして、普段と違うように過ごした。紛れもなく特別で、楽しい時間だった。

その特別が、なくなってしまうのは嫌だった。もっともっと、いっぱい楽しい思いをしたかった。そのためには、悠利達もリディも日常に戻らなければならないのだ。

「わかった。……あきらめる」

「あはは、諦めるなんだ」

「そのかわり、また、あそぼう」

「うん。遊ぼうね。今度はリディがこっちに来てよ。マギサも会いたいだろうから」

「わかった。まぎさともあそぶ」

数少ないお友達、収穫の箱庭のダンジョンマスターの名前を出されて、リディは大真面目な顔で頷いた。悠利と違ってマギサはダンジョンから出られないので、遊びに来て貰《もら》うわけにはいかない。あの子と遊ぶには、リディが赴く必要があるのだ。

ひとまず若様が納得したのを理解して、周囲はホッと息を吐いた。ここで延々とごねられると困ると思ったのだ。何せ無駄に行動力のある若様だ。残留を認められないならついていく、とかをやりかねなかったので。

「若様、納得したなら、ユーリさんにお土産を渡さないと」

「はっ！　そうだった、おみやげ！」

「お土産？　そんなのいいんだよ、リディ。僕達はもう十分楽しませてもらったか、」

悠利の言葉が変なところで途切れた。途切れたのには、理由がある。リディの合図に従って、使用人達が何かを持ってやってきた。抱えるように運ばれているそれは、悠利にも見覚えのあるピンク色の物体。

どうぞと差し出す使用人の隣で、リディがドヤ顔で言いきった。

「しゃけ、いっぱい！」

「美味しそうだね！　ありがとう！」

「お前は即座に前言撤回するんじゃねぇ！」

「イタッ……」

流れるように見事な掌《てのひら》返しに、アリーの拳骨《げんこつ》が落ちた。勿論《もちろん》手加減された一撃ではあるが、非戦闘員の悠利には十分痛かった。痛いですぅと涙目になりながら文句を言うが、アリーは大きなため息をつくだけだった。

ワーキャットの里の特産品である立派な鮭《さけ》の、三枚下ろしが多数。以前お土産に貰ったのは一匹分だけだったが、今日は数匹分用意されているらしい。何とも大盤振る舞いであった。

若様は、これなら悠利が喜ぶだろうと言いたげに、むふーと鼻息も荒くドヤ顔のままである。隣のエトルは呆《あき》れたように嘆息しているが、リディは気にしない。悠利が自分達の里の鮭を気に入っていることを、彼はちゃんと知っているのだ。

目の前の素晴らしいお土産にテンションが上がっていた悠利だが、ハッとしたように里長に向けて問いかけた。

「あの、いただけるのは嬉《うれ》しいんですけど、こんなに大量に貰っても良いんですか？」

「むしろ、この程度では足りないだろう。だが、息子が言うには君が喜ぶのはこういうお礼だからと」

「……はい？」

お礼って何のことだろう？　と悠利は首を傾《かし》げた。それはもう、盛大に傾げた。何かありましたっけ？　とでも言いたげな態度。そんな悠利に、若様を除くワーキャット組は驚いたように目を見張っていた。

アリーは疲れたように息を吐きだし、ジェイクは楽しそうに声を出さずに笑っている。悠利と同じように解っていないのはルークスだけで、悠利の真似っこをするようにこてんと身体《からだ》を傾けている。実に可愛《かわい》い。

「君のおかげで、遺跡が見つかり、そのおかげで家宝が戻ってきた。それに、曖昧《あいまい》になっていた伝承も石碑を翻訳して繋《つな》げてくれた。そのお礼が鮭では到底足りないと思うのだがね」

「え⁉　いえ、アレはたまたま、リディと遊んでいたら見つけただけですし、本当に偶然の産物なので、お礼とか言われるようなものでは……？」

「君がそう思っていても、我々にとってはありがたいことなのだよ」

「……なるほど」

イマイチよく解っていない悠利だが、とりあえず物凄《ものすご》く感謝されているらしいということを理解して、それならありがたく鮭をいただこうと心に決めた。お留守番組にも色々と食べさせてあげたいし、何より、大量に食材をいただけたら食費が浮く。……《真紅の山猫《スカーレット・リンクス》》の仲間達はよく食べるので、食費が浮くのは大歓迎なのである。

わーい、この鮭で何作ろうかなーと一人でうきうきしている悠利をよそに、里長はアリーと会話をしていた。

「本来なら金銭をお支払いするべきだと思うのですがね」

「依頼でもないですし、あいつはそれを望まないでしょう。友達と遊んでいて、たまたま見つけただけだと思ってますので」

「見つけたのはそれでも、翻訳作業は十分に仕事であったと思いますが？」

「依頼であれば報酬は受け取りますが、今回の場合は滞在中のもてなしへのお礼ということで構いません。……あいつにとってはその方が良いだろうと思うので」

「何とも、お礼のし甲斐《がい》のない子だ」

困ったように笑う里長に、アリーは苦笑した。確かにその通りだった。

遺跡を発見したことも、その遺跡の調査をしたことも、石碑の翻訳作業をしたことも、労働の対価として金を受け取るようなことだろう。しかし悠利はそれを望まないし、そんな風に大事にしたくないと言うだろう。

あくまでも、友達と遊んでいたらちょっとした探検に繋がった、みたいな感じにしか思っていない。翻訳作業は「お手伝いを頼まれたから頑張った」ぐらいの認識である。どこかに依頼が絡んでいるのなら、誰かの仕事に絡んでいるのなら、アリーももう少し対応を変えただろう。ただ、今回はそういうややこしい事情はないので、悠利の考え優先になったのだ。

それに、当人は鮭を沢山もらえて大喜びしている。その喜びようを見ていると、報酬として求めるものは人それぞれなのだろうと思わされるわけである。

ちなみに、石碑の翻訳作業及びその文章の内容整理を担当したジェイクの方は、労働の対価を求めるどころか「貴重な資料をタダで読ませていただいてありがとうございます」という実に学者先生らしいスタンスだった。当人が楽しそうなので良かったです。

「それでは、名残惜しいですがどうぞお気を付けてお帰りください」

「大勢で押しかけて、大変お世話になりました」

「こちらこそ、皆が良い経験をさせていただきました。是非、またお越しください」

「機会があれば、是非」

里長とアリーが大人の会話で挨拶《あいさつ》を交わす。その会話が聞こえて、皆は「あぁ、そろそろ帰る時間なんだな」と理解した。あちらでもこちらでも、別れの挨拶を交わす声が聞こえてくる。

そして、それは悠利《ゆうり》達も同じだ。

「それじゃぁリディ、僕達は帰るね。楽しかったよ」

「ぼくもたのしかった。ぼうけんも」

「そうだね。今度、マギサに話してあげようね」

「うん。またあそびにいく。えとるもつれていくから」

「若様、それを決めるのは若様じゃないです」

「えとるもいっしょだから、たのしみにしてくれ」

「若様、聞いてますか？」

「きいてない」

お前ちょっと煩《うるさ》い、黙ってろ、みたいなノリで若様はご学友の発言を斬り捨てた。あのですねぇとツッコミを入れるエトルと、ツンとすまし顔でそれをスルーするリディ。何とも愛らしい子猫達のやりとりに、悠利は思わず笑ってしまった。

別れの寂しさなんて、感じさせない。そんなことよりも、また次も遊ぼうと全力で伝えてくる可愛いお友達に、嬉しくなる悠利なのでした。

そんなこんなで賑《にぎ》やかに楽しかったワーキャットの里での交流会は終わり、悠利達は仲良く皆で帰路につくのでした。ここから数日、馬車の旅です。

閑話二　帰宅と道中の振り返りと野宿の話

　ワーキャットの里で楽しい時間を過ごし、馬車でのんびり野宿旅をしながら悠利達は《真紅の山猫》のアジトに戻ってきた。荷物の片付けを一通り終えた悠利は、リビングでのんびりと休憩しながら留守番組に道中の話をしていた。

　ワーキャットの里で何があったのかを話すより先に、道中の馬車の旅、ワーキャットの里への道のりがどんな感じであったのかを話すことになったのだ。留守番組の興味が、そこに向いたので。

「馬車でのんびり三日の距離だから、移動は比較的楽だったよ。馬車にもクッションをいっぱい持ち込んだし」

「馬車は借りるやつだから、座席の状態は自分達で調整するしかねぇもんなぁ」

「そうなんだよねぇ……。鞄《かばん》にいっぱいクッション持っていって、重ねて使ってやっと良い感じだった」

「いっぱい詰めこんだのかよ……」

「お尻《しり》痛いの嫌だもん……」

　呆れたようなクーレッシュの言葉に、悠利は素直な感想を告げた。お尻が痛いのは嫌なのだ。上質な馬車ならともかく、庶民が借りる馬車の座席はいまいちなことが多い。ただまぁ、荷台ではなく座席になっているものを借りたので、そういう意味ではまだマシだったのだが。

これが、座席の形状をしていない荷台の場合、床に直接座るみたいなものである。意外と高さのある場所に座るというのは、足が楽だ。長時間床に直接座る姿勢になると、足を伸ばしていても曲げていても疲れたりするので、そういう意味では座席になっているだけでもちょっとは助かるというものだ。

しかし、座席とはいえ衝撃を逃がせる構造をしているかと言えばしていないので、ちょっと道が悪くなるとお尻が痛くなってしまうのだ。ましてや今回向かったのはワーキャットの里へ続く道で、街や村が途中にあるわけでもないので、徐々に整備が甘くなっていたのだ。クッション大活躍である。

端的に言うと、悠利達は王都から森へ森へと向かっていたのだ。ワーキャットの里をすっぽりと包む大きな森へ向かう道は、確かにずっと存在している。しかし、ワーキャットの里を訪ねるような人々は滅多にいないので、整備は若干適当だった。どうしてもよく通る道からきっちり整備されるのは当然だ。

ついでに、そんな道なので途中に街や村などあるわけもなく、皆で仲良く野宿をしてきたわけである。

「アジトのクッションがごっそり減ってるなぁと思ったら、ユーリの仕業だったのね」

「あ、ごめん。使うときに足りなかった？」

「ううん。そういうのじゃないから大丈夫。何か減ってたから、不思議に思ってただけ」

ヘルミーネの言葉に、悠利はホッとしたように笑った。普段使っていない分を持ち出してはいたのだが、もしかして留守番組に迷惑をかけたのではないかと心配になったのだ。しかしその心配は杞憂《きゆう》だったようで、ヘルミーネは楽しそうにカラカラと笑っている。

「確かに、ユーリって長距離の移動に慣れてないもんね。お尻大丈夫だった？」

「クッションを幾つも重ねまくって何とか……。っていうか、ずっと座ってるのも結構しんどいよね……」

「それはあるわねー。だから急ぎじゃないときはこまめに休憩を挟むようにするわよ」

「だよねぇ」

やはり鍛えていても座りっぱなしはしんどいらしいと理解して、悠利は大真面目な顔で頷《うなず》いた。この世界で認識されているか知らないが、下手をするとエコノミークラス症候群みたいなことになってしまう。アレは、食事や水分を取らない状態で長時間座って足を動かさない状態でいると起こるものなので、こまめに休憩を挟んだり、足を動かしたり揉《も》んだりすることで予防出来る。一歩間違えると死んでしまうので、予防は大事だ。

単に疲れるという理由で休憩を挟んでいるが、もしかしたら先人の経験として病名などなくとも「長時間同じ姿勢での移動は身体《からだ》に良くない」と知られているのかもしれない。悠利はそんな風に思った。案外、そういう経験に基づく先人の知恵というのはバカに出来ないのだ。おばあちゃんの知恵袋的なやつである。

まぁ、今回の旅程は悠利だけでなく見習い組も抱えていたし、元々余裕のあるスケジュールで移動していたので、こまめな休憩を挟んで無理なく終わっている。それでも、大量のクッションを持ち込んでも座りっぱなしの状態に、休憩の度に見習い組達は身体を解《ほぐ》していたが。ストレッチは大事である。

「それで、野宿だったんだろう？　大丈夫だったか？」

「うん。寝袋で寝るのも楽しいね」

「……それを楽しいで済ますんだもんなぁ、お前」

満面の笑みで答えた悠利に、クーレッシュは苦笑した。普段王都の外に出ることがない悠利は、勿論《もちろん》滅多に野宿なんてしない。外泊をすることはあるが、大抵は宿や誰かのお家《うち》だ。なので、悠利にとって野宿はたまにある楽しいイベントにすぎないのだ。

ましてや、今回は見習い組も一緒でわいわいがやがやしていたので尚更だ。訓練でもお仕事でもないので、アリーもとやかく言ったりはしなかった。勿論、野宿の心得だの、気を付けるべきことだのについては説明があったが。

天気も良く、夜になれば幾分涼しくなるというのもあって、野宿で寝袋でも別に寝苦しくはなかったのだ。まぁ、流石《さすが》に地面に寝袋という状態で寝ると、ちょっと背中や腰が痛いなと思いはするが。その程度である。

「ねーねー、道中のご飯ってどうしたの？　ユーリが一緒なら、ご飯作ったんでしょ？」

「うん、作ったよ。ルーちゃんがいるから洗い物も楽だったしね」

楽しそうに問いかけるレレイに、悠利はさらっと答えた。本来移動中の食事というのは簡易的な保存食になりがちだが、そこは悠利である。時間停止機能のついた魔法鞄《マジックバッグ》と化した学生鞄にたっぷりと食料を詰めこみ、調理器具も幾つか詰めこみ、道中もご飯を作ってきた。

そして何より、それを可能にしたのがルークスの存在だ。賢い従魔は、洗い物の汚れをつるんと取ってくれる。そのおかげで後始末が楽になるので、生ゴミを狙った獣に襲われるなどということもないのだ。

「ルークスの存在がなぁ……」

「アレは反則だと私は思うのよねぇ……」

「ルークス便利だよね」

しみじみと呟《つぶや》く三人に、悠利は不思議そうに首を傾《かし》げた。悠利にとってルークスは可愛《かわい》くて頼りになる従魔だが、存在がアレとか反則とか言われてもよく解《わか》らない。確かに、いてくれて大変助かってはいるのだが。

「で、何作ったの？」

「何って……。とりあえず初日の夜は、まだ他の旅人さんとかもいたから目立つ料理は却下されたから、具だくさんスープとオーク肉の生姜《しょうが》焼きをどかーんと。あと、パン」

「生姜焼き！　美味しいよね！」

「レレイ、作ったって話であって、作るとは言ってないからね？」

「生姜焼き美味しいよね！」

「聞いて」

既に心がそちらにすっ飛んでいるのか、レレイはキラキラと目を輝かせていた。確かにまぁ、オーク肉の生姜焼きは大変美味しい。上質な豚肉といった味わいのオーク肉を、生姜と醬油《しょうゆ》をベースに作ったタレにしっかりと漬け込んでから焼いて作る。シンプルだが、生姜の風味と香りが食欲をそそるのだ。

分厚く切っても良いが、悠利の好みは薄切り肉だ。そうすると、中までしっかりタレの味が染みこむからである。噛《か》むときに苦労もしないので、一気に一枚口の中に入れても問題ない。じゅわりと口の中で肉の旨味とタレの味が広がる瞬間はたまらない。

今回は野宿ということで白米ではなくパンを用意したのだが、パンに挟んで食べてもそれはそれで美味しかった。まぁ、悠利の好み的には生姜焼きはご飯と一緒に食べたいのだが。

具だくさんスープを作ったのは、少しでも野菜を食べてほしかったからだ。おかずを複数作るには調理器具が足りなかったので、それならスープに全部入れてしまえということになった。後から、「それなら生野菜でサラダにしても良かったかも」と思ったのは内緒だ。お外で料理をするのは滅多にないので、悠利もうっかりしていた。

「夜はってことは、初日の昼は？　朝に出発しただろ？」

「それは、前日に見習い組の皆と一緒にサンドイッチを仕込んでおいたから、それにしたよ。中に色んな具材を挟んでおけば、栄養も取れるし」

「サンドイッチは美味《うま》いよな」

「挟む具材で色々楽しめるからねー」

「私はフルーツサンドが良《い》い！」

「「それはご飯じゃない」」

「むぅ」

はいはーいと元気よく手を挙げたヘルミーネを、悠利とクーレッシュは異口同音に一刀両断した。確かに生クリームたっぷりのフルーツサンドは美味しいが、それはおやつである。どう考えても枠がスイーツなので、お昼ご飯に食べるものではない。

スイーツ大好き女子のヘルミーネなので、どうしてもフルーツサンドの誘惑が出てくるのだろう。それは解るが、お昼ご飯の話をしているのにフルーツサンドは違うと思うと考える悠利とクーレッシュだった。

ちなみにレレイは、サンドイッチの具材で何が美味しいかを独り言でぶつぶつ言っている。彼女は肉食なので、出てくるのはお肉メインのサンドイッチばかりだが。安定のレレイ。

「他には何を作ったんだ？」

「えーっとね、やっぱり鍋《なべ》とか簡易コンロの数が足りないから、基本的に煮込み料理が多かったんだよね。野菜やキノコをたっぷり食べようと思うとそうなっちゃうから」

「あぁ、今回は人数も多かったもんな。外じゃ作れる料理が限られるか」

「そう。だから、カレーが大活躍だった」

「……は？」

グッと親指を立てて主張する悠利に、クーレッシュは間抜けな声を上げた。カレーが大活躍とはどういうことだ？　と言いたいのだろう。しかし、悠利《ゆうり》としてもこれ以上ない的確なコメントなのだ。

そう、悠利は今回のお出掛けに、カレールウをたっぷりと準備していった。ワーキャットの里は森の中にあり、そちらへ向かえば向かうほどに人の姿は減っていく。自分達以外に旅人がいないなら、カレーを作っても迷惑にならないと考えたのだ。

勿論、スパイスの強力な匂いが魔物や獣を呼び寄せる可能性はあった。しかしそこは、アリーがレオポルドから買った魔物除《よ》けの香水のおかげで問題がなかった。時々近寄ってくる魔物達は、倒すまでもなくラジとマリアが殺気をぶつけると逃げていったので問題ない。

……そう、虎獣人とダンピールの本気の殺気は、直接ぶつけられるとかなりの威圧になるのだ。野生の獣や魔物ほどそれらには敏感で、敵《かな》わないと理解したら立ち去る程度の知能はあったらしい。無駄な殺生をしなくてすんで何よりである。

「カレーが大活躍ってどういうことだ？」

「カレーに入れる物を変えて、具材たっぷりで作ってみたんだよ」

「……それって、ほぼカレーってことか？」

「残念ながらライスの準備は出来なかったから、パンだったんだけどねぇ」

「そこじゃねぇよ」

悔しいポイントを口にした悠利に、クーレッシュはすかさずツッコミを入れた。言いたいことはそこではない。道中のご飯がほぼカレーだったのかと聞きたいだけである。

勿論、毎食カレーにしたわけではない。ただ、カレーの頻度がちょっと多かっただけだ。それに、入れる具材を変えたり、メインとなる肉を変更するだけで味わいが変わるので、意外と文句は出なかった。

「肉や具材を変えたら意外と大丈夫だったよ。カレー美味しいし」

「まぁ、カレーは美味いけどよ……」

「海鮮カレーも美味しかったし」

「あぁ、そりゃイレイスが喜んだろうな」

「大喜びだった」

人魚のイレイシアは魚介が大好きなので、海鮮カレーを大喜びで食べていた。他の面々も火の通った魚介類は喜んで食べるので、肉とはまた趣の違う海鮮カレーは好評だったのだ。

……そう、好評だった。そしてそれは何も、同行したメンバーだけが喜ぶものではない。

「海鮮カレー、美味しかったんだろうなぁ……」

「……レレイ、言いながら僕の背中にのしかかるのやめて……」

「美味しかったんだよね？」

「うん、美味しかったよ。そのうちまた作るから、とりあえず離れて……」

「わーい、やったー！」

美味しい料理が食べられると解って上機嫌になったレレイは、悠利から離れてぴょんぴょん跳ねている。何やってるのよと言いたげなヘルミーネの視線も気にしていない。彼女は食欲に忠実なのだ。

そんなレレイを見て、クーレッシュは悠利に小さな声で問いかけた。確認の意味を込めて。

「安請け合いして大丈夫なのか？」

「いつって言明してないから平気」

「それで大丈夫なのか？」

「最近はそれで納得してくれるようになったよ」

ぼそぼそと小声で交わした会話は、レレイには聞こえていなかったらしい。ヘルミーネと二人でじゃれている。

クーレッシュが心配したのは、レレイが悠利を追い回すことだった。ただ、悠利が説明した通り、最近は明確な日時を約束しなかった場合は、悠利にも都合があるのだと解ってくれるようになった。

「あいつも一応成長してるってことか？」

「多分？」

しっかりと成長しているというのは何となく避けた悠利だった。成長しているなら、仲間達と大皿争奪戦は繰り広げないだろうから。

「まぁ、道中の飯をカレーで乗り切ったのはそれでいいけどさ」

「うん？」

「道ってどんな感じだった？」

「あー……。里に近付くにつれて森に向かうから、寂れてる感じ？」

「整備が追いついてない感じか」

地方ってそんな感じになるもんなぁと呟くクーレッシュに、悠利は少し考えてから口を開いた。整備が追いついていないというのとは、また違う印象を受けたのだ。

「それも確かにあるんだけど、整備が出来てないって言うよりも、使う人がいないから寂れてるって感じかなぁ」

「どういうことだ？」

「ほら、山道とかって人が通らないと獣道になっちゃうでしょ？　アレに近い感じ。人が住まない家が寂れていくように」

「そっちの方向か」

「多分ね」

悠利は道の専門家ではないし、正しいことは解らない。ただ何となく、そういう印象を受けただけである。クーレッシュも聞きたいのは悠利の感想なので、それが正しかろうが間違っていようが関係ないのだ。

ようは、珍しく悠利が遠出をしたので、その話を聞きたいというだけのことである。どんな風に過ごして、何を楽しんできたんだ、という感じで。

「ワーキャットの里は楽しかっただろうけど、道中も楽しかったみたいで良かったよ」

「どういうこと？」

「お前は滅多に遠出しないからさ。疲れたりしんどくなったりしてないか、ちょっと気になってたんだよ」

「クーレはそういうところ、お兄ちゃんっぽいよねぇ」

悠利は思わず笑った。年はそう変わらないが、天然ぽやぽやの悠利を気にかけてくれるクーレッシュは、友達とお兄ちゃんの間のような位置付けなのだ。

そして、そんなクーレッシュの性格は、何も悠利だけが知っているわけではない。

「あははは！、クーレってば相変わらず心配性だねー」

「まぁでも、相手がユーリじゃ心配するのも仕方ないとは思うけどねー」

「……お前ら、両側から体重をかけてのしかかるんじゃない。特にレレイ」

「何であたし限定⁉　ひどい！」

「ひどくない！　お前は体重かけながら力も込めてるだろ！　肩が痛いんだよ！」

「あ、ごめん」

楽しげに両脇からクーレッシュに体重をかけて遊んでいたヘルミーネとレレイ。クーレッシュは二人を鬱陶《うっとう》しそうに追い払おうとしつつ、レレイには言葉でも釘《くぎ》を刺した。釘を刺された理由を理解したレレイは、慌てたようにパッとクーレッシュから離れる。

レレイが体重をかけるために掌《てのひら》を置いていた肩を、クーレッシュはさすっている。力自慢で力の制御がイマイチ苦手なレレイは、時々こんな風にやらかしてしまう。クーレッシュは人間なので、レレイに比べたらずっとずっとか弱いのだ。

「レレイー、ちょっとは気を付けなさいよー。クーレは前衛じゃないからそんなに頑丈じゃないのよ」

「俺がひ弱みたいに言うのは止《や》めろ、ヘルミーネ。俺は普通だ」

「解《わか》ってるわよ。レレイが考え無しの馬鹿力なだけでしょ」

「ヘルミーネ言い方！」

途端にいつも通りの騒々しいやりとりをする三人を、悠利はにこにこ笑って眺めている。久しぶりに見る、いつも通りの仲間達のやりとりである。

勿論《もちろん》、ひとりぼっちで遠出していたわけではないので、道中やワーキャットの里で寂しかったというわけではない。しかし、いつも見ていた賑《にぎ》やかなやりとりが一つ足りないというのは、ちょっぴり寂しかったのだ。なので、こうして相変わらずなやりとりをする皆を見ると、思わず笑ってしまうのだった。

「何笑ってんだよ」

「いやー、帰ってきたなぁって思って」

「何だそれ」

「そういう感じなんだよ」

クーレッシュの言葉に、悠利は笑って答えた。本当に、それだけだったので。

その後、他の面々も合流して、ワーキャットの里での出来事や道中での出来事などを面白おかしく話すのでした。課外授業はとても楽しかったのです。

第三章　いつものご飯が幸せの味？

「今日のお肉は梅照り焼き味です」

「……お、おう」

何やら妙に真剣な顔で悠利が宣言したので、ウルグスはその勢いに気圧《けお》されるように頷《うなず》いた。別に文句などないのだが、何でこいつは今日に限ってこんなに圧があるんだ……？　と思ったのである。普段がぽやぽやしているので余計にそう思えるのだろう。

「で、そんな顔してどうしたんだよ」

「……いや、ちょっとこってり系とかお肉は食べるのしんどいなって感じで……」

「具合悪いのか？」

「ううん。暑さのせい」

「あー……、なるほど」

暑いとしんどくなっちゃうんだよねぇ、と悠利はため息をついた。その言い分はウルグスにも理解出来た。確かに、暑さは体力を奪っていくし、そのせいで食欲が落ちるのだ。

ただ、ウルグスは訓練生として鍛錬をしているので、悠利ほどへばってはいない。他の仲間達も多分そうだろう。体力的な意味で言うなら、悠利は下から数えた方が早い。ちなみに悠利より下だろうなと皆が思っているのがジェイクである。安定のジェイク先生。

とりあえず、メニュー決定の理由が理解出来たので、ウルグスとしてはそれで十分だった。それじゃあ準備するかと言いたげな顔である。

「味付けが梅照り焼きってのは解ったけど、肉はどれ使うんだ？」

「ビッグフロッグー。この間また大量発生してたらしくて、安かったんだよね」

「ビッグフロッグな、了解」

大きな蛙《かえる》のお肉ではあるが、味が鶏《とり》モモ肉に似ているビッグフロッグは庶民御用達《ごようたし》のお肉だ。《真紅の山猫》でも定番として使われている。ほど良く脂もあるので、ボリュームを求める面々にも好評だ。そうでありながら、他の肉よりあっさりした脂なので、小食組にも受け入れられる。大変便利なお肉なのである。

普段から安いビッグフロッグの肉だが、大量発生したときは更に安くなる。お買い得とばかりに悠利は買い込んでおいたのだ。節約出来るときには節約しなければと思うほどに、《真紅の山猫》の皆はよく食べるので。

ただ、冒険者という彼等《かれら》の仕事を考えると、しっかり食べるのは基本中の基本とも言えた。身体《からだ》が資本の冒険者だ。きちんと栄養を取って身体を作らなければならない。あと、医食同源とも言うように、ちゃんとした食事を取ることで病気を遠ざけることにもなる。そこは妥協してはいけないのだ。

「肉は切って焼くのか？　それとも焼いてから切るのか？」

「今回は大きいまま焼いて、焼き上がってから切る方向で」

「了解」

悠利《ゆうり》の言葉に、ウルグスは必要分のビッグフロッグの肉を確認している。その間に悠利は、味付けに使うタレの準備に取りかかることにした。梅照り焼き味なので、必要な材料を先に混ぜ合わせておくのだ。

そして、まずやるべきは梅干しの準備だった。夏の暑さを吹っ飛ばしてくれる酸味を加えてくれるありがたい食材だ。種を取った梅干しを細かく叩《たた》いてタレに混ぜる必要があるので、悠利は包丁片手に梅干しを叩き始めた。

トタタタと軽快な音を立てて悠利は梅干しを叩いている。隣のウルグスも慣れたものなので、その包丁捌《さば》きの見事さを気にすることはなかった。悠利の料理技能《スキル》が色々とアレなのはもう周知の事実なので、細かいことを気にしても無駄だと思っているのだ。

そんな悠利の隣で、必要数のビッグフロッグの肉を確認し、汚れていたり筋が残っていたりする部分は切り落とす作業をウルグスは担当している。食べても美味しくない部分はさよならするのが正しい選択だ。多分。

ここで大切なのは、肉の厚みを均一にすることである。分厚い部分があればそこに包丁を入れて開き、全体が同じ厚みの一枚の肉になるように調整する。地味な作業だが、これをきちんとやっておくと焼き上がりが綺麗《きれい》になるのだ。ウルグスもその辺はよく解っているので、文句を言わないどころか指示される前に作業をやっている。全ては美味しいお肉を食べるためである。

「梅照り焼きってことは、味付けはほぼいつもの照り焼きで良《い》いのか？」

「そうそう。そこに叩いた梅干しを入れるだけ」

「なるほどなー」

ウルグスに説明しながら、悠利は醤油《しょうゆ》とみりん、叩いた梅干しを混ぜ合わせる。ここにお好みで砂糖やはちみつを加えて甘さを調整することも出来るが、悠利はみりんの仄《ほの》かな甘味で作る照り焼きが好みなのと、今日は梅干しを入れるので他には何も追加しない。梅干しの酸味と甘味が必要以上にぶつからないようにするためだ。

まぁ、味付けというのはあくまでも好みなので、甘い方が好きな人が作ると砂糖やはちみつが入る。逆に、醤油が勝っている方が好きな人なら、醤油が気持ち多くなったりするだろう。自分にとっての美味しいを探せば良いだけである。

「これでタレは出来上がり。それじゃ、お肉焼こうか」

「おー」

悠利達は慣れた手付きでフライパンに油を引いてから、そろっと肉を入れる。ビッグフロッグの肉は鶏モモ肉に味は似ているが、実際は大きな蛙の肉なので皮が存在しない。鶏モモ肉ならば皮を下にしてじっくり焼くことでその脂を使うのだが、皮のついていないビッグフロッグではそうもいかないので油を引くのである。

ちなみにここで使う油は、オリーブオイルでもごま油でもお好みで、だ。なお、悠利の好みとしては、梅干しが入っているイコール和風っぽい気がするイコールなんかごま油の方が合う気がする、という感じでごま油に決定していた。別にオリーブオイルが合わないわけではない。

「肉の中まで火が通るように、中火でじっくり焼くからねー」

「おー。その辺は解ってる。強火は表面が焦げるだけだもんな」

「中火でも美味しそうな焦げ目は付くからねー。分厚い肉はゆっくり焼くのがコツだよ」

「火加減って難しいよなぁ。うっかり焦がすときあるし」

「その辺は慣れかなぁ。失敗は成功のもと！」

にっこり笑顔の悠利に、ウルグスも釣られたように笑った。確かに肉が焦げてしまうと悲しいが、そういうときは焦げた部分を削《そ》ぎ落とせば中は食べられたりする。人間は失敗を通して学ぶものである。肉の種類や切り方一つで火加減は変わるので、日々精進なのである。

そんな二人の目の前で、中火で焼かれるビッグフロッグの肉がジュージューと美味しそうな音を立てていた。ごま油の食欲をそそる匂いがぶわっと香っている。そこにビッグフロッグ自身の脂も滲《にじ》み出て混ざり、匂いだけでお腹《なか》が減ってしまう。

実際、悠利の隣のウルグスは物欲しそうな顔でビッグフロッグの肉を見つめている。勿論、彼の目に見えている肉の表面は生である。……まぁ、だから踏みとどまっているとも言える。これはまだ食べられないと視覚で判断出来るのだから。

数分そうやってじっくり焼くと、キツネ色の美味しそうな焦げ目が裏面に出来上がる。それを確認してからひっくり返して、また、中火でじっくりと焼く。分厚い肉を焼くときは焦ってはいけないのだ。

「……肉を焼く匂いって、何でこんなに腹が減るんだろう」

「さぁ？」

「どの肉でも美味《うま》そうなんだよなー」

「んー、でもそれは、僕らが肉を食べて美味しいと思ってるからじゃないかな。肉を食べる習慣がない人にしたら、別に美味しそうに感じないかもしれないよ」

「……え？　こんなに美味そうなのに？」

「その辺も個人差があると僕は思うよ」

育ち盛りらしくお肉をもりもり食べるウルグスは、悠利の言葉に首を捻《ひね》っていた。そういう感覚が全然想像出来ないのだろう。ウルグスにとって肉を焼く匂いは美味しそうなものでしかない。しかし、世の中にはそういう人もいるのだ。味と同じ、匂いもまた何を美味しそうと感じるかは個人で違いがある。

「この匂いが美味そうに感じない、ねぇ……」

「例えば、ヘルミーネはピーマンが苦手だからピーマンの匂いも嫌いなんだよね。それと同じようなものだと思うよ」

「……あー、なるほど。ラジさんが甘い匂いで辛そうにしてるのと同じようなもんか」

「そう。だから、この匂いを美味しそうだなーと思うのは、ウルグスがお肉が好きだからってことだよ」

悠利の説明にウルグスは納得したらしく、何度も頷いていた。実際に普段から見ている仲間達の反応を説明に付け加えられたことで、どういうことか理解出来たのだろう。まぁ、それでも彼にとっては肉を焼く匂いは美味しそうと感じるものでしかないのだが。

そんな風に雑談をしていると、ひっくり返したビッグフロッグの肉も良《い》い感じに焼けてきた。ただし、まだこの段階では中身全てに火は通っていないだろう。だが、今日作るのは梅照り焼きなのでそれで問題はない。

「お肉の両面が焼けたら、ここにタレを投入してじっくり煮詰めるよ」

「おう。……でも、梅干し焦げないか？」

「火加減を間違えなければ大丈夫かな。後は様子を見て、タレが全部なくなる前に火を止めれば問題ないよ」

「解った」

ウルグスに説明した悠利は、タレを入れる前にフライパン内の余分な油を拭《ふ》き取る。全部を拭き取ると肉の旨味が勿体《もったい》ないが、油が多すぎるとタレが油と混ざって味が変わってしまうからだ。それに、せっかく梅干しでさっぱりさせようと思ったのに、油が多いのは本末転倒だ。

ふきふきと慣れた手付きで油を拭き取ると、悠利は作っておいた梅干しを加えた照り焼きのタレをどぱっとフライパンの中に入れる。じゅわーっという音が鳴り、タレが全体に広がって煮えていく。

……照り焼きのタレの焼ける匂いは、それはもう、食欲をそそった。

「……ユーリ」

「何かな」

「すっげー腹が減る」

「言うと思った」

予想通りの言葉を口にしたウルグスに、悠利は苦笑した。しかし、そう言われてもまだ食べられる段階ではない。そのまま悠利はフライパンに蓋《ふた》をして、タレがくつくつと軽く沸騰する程度の火加減にコンロを調整した。

「タレが馴染《なじ》むまでこのまま置いといて、僕らは他の料理の準備をするよ」

「……おー」

「焼けたら味見するんだから、それまで我慢、我慢」

「解《わか》ってるよ」

解ってはいるが、それでも美味しそうな匂いでお腹が減ってしまうのだろう。悠利に言われるままに他の料理の作業に入りながらも、ウルグスは時々、ちらちらとビッグフロッグの梅照り焼き肉へと視線を向けるのだった。

そうやって他の料理の準備も手際よく進め終わった頃、フライパンの中の梅照り焼きのタレは良い感じに煮詰まっていた。完全に煮詰まる前の、ちょっとどろっとした感じのアレである。これなら肉に絡めて食べやすい。

「うん、焼けてるみたいだから、切り分けよう」

「おう」

フライパンの中からビッグフロッグの肉を取り出し、食べやすい大きさに切り分ける。このときは、タレがあまり肉につかないようにして取り出す。勿体ないので。

包丁を入れると、中までしっかりと火が通っているのが確認出来る。端の方を味見用に二人分切ると、小皿に入れる。そしてそこに、フライパンに残したタレを少量かけた。

「それでは、味見です」

「よっしゃー」

出来たて熱々なので火傷をしないようにしっかりと息を吹きかけて冷ましてから、二人はビッグフロッグの肉を口へと運んだ。焦げ目の香ばしさに、梅干しの爽《さわ》やかな香り、そして醤油とみりんで作られた照り焼きの食欲をそそる何とも言えない匂い。それらが混ざり合って、口の中にぶわりと広がる。

ふわりと香りが鼻から抜けるのを楽しみながら、肉を噛《か》む。そこそこの厚みのビッグフロッグの肉は、噛み応《ごた》えがあってジューシーだ。その肉汁に混ざる梅照り焼きの爽やかでありながら濃厚な味が舌を楽しませる。いつもの照り焼きとはまた違って、肉の脂をさっぱりさせる梅干しの仕事がよく解る。

まぁ、つまるところ、美味しいということである。

「美味しく出来てると思うけど、ウルグスはどう思う？」

「美味い」

「それじゃ、続きもどんどん焼いちゃおう」

全員分の梅照り焼き肉を作ろうと、二人は作業に取りかかるのだった。
「おう」

そして夕飯の時間。いつもとちょっと趣向を変えた梅干し入りの照り焼き肉は、仲間達皆に喜んで受け入れられていた。以前から梅味の料理は何度も出ているので、皆も気にせず食べてくれるのだ。

「ちょっと酸っぱい感じが面白いね、このお肉！」
「レレイのお口にあった？」
「ユーリのご飯は何でも美味しいよ！」

満面の笑みを浮かべるレレイ。元々照り焼き系の味の濃いお肉が大好きな肉食女子は、梅干しでさっぱり風味が追加された本日の梅照り焼き肉もお気に召したらしい。こうして素直に感想を伝えてくれる合間にも、もりもりと肉を食べている。

厚みがあるビッグフロッグの肉は噛み応えもあり、噛めば噛むほど口の中にじゅわりと肉汁が広がる。その肉汁に味付けとして照り焼きの風味が加わり、本日は更に梅干しがアクセントを添えているのだ。本来なら濃い味付けのはずの照り焼きが、梅干しのおかげで随分と食べやすく仕上がっていた。

はぐはぐと一人で大皿を食べ尽くしそうな勢いで食べているのはレレイだが、他の面々も美味しそうに食べてくれている。……ちなみに、悠利とレレイと同じテーブルに座っているクーレッシュは、レレイに食べ尽くされないようにと大皿の梅照り焼き肉をせっせと自分の小皿に避難させていた。

「ユーリ、お前も自分の分は先に小皿に取っとけよ。レレイのやつ、何も考えてないから」

「うん、解った」

「ろうひたの？」

「口の中にある間は喋《しゃべ》らない」

「ふぁい」

口をもごもごさせながら問いかけてきたレレイを、悠利《ゆうり》とクーレッシュは異口同音に諫《いさ》めた。お行儀が悪い、という二人のツッコミに、レレイは素直に頷《うなず》いた。口いっぱいに肉とご飯を詰めこんでいるので、まるでリスの頬袋《ほおぶくろ》みたいになっている。

こいつ、これで俺より年上の成人女性なんだよな……というクーレッシュの疲れたような呟《つぶや》きを、悠利はスルーしておいた。今更だった。レレイは確かに彼等《かれら》より年上の成人女性ではあるが、美味しいご飯の前ではお子様組と同じテンションで動いちゃう系女子なので。大食い娘は食欲に忠実なのです。

「しかし、何で今日は梅照り焼きなんだ？」

「んー、暑くてちょっと食欲がないなーってなったから」

「あー、なるほど……」

「クーレ達は平気そうだよねー」

「まぁ、お前よりは鍛えてるからなぁ」

そう言いながら、クーレッシュはビッグフロッグの梅照り焼き肉を口へと運んだ。ご飯と一緒にもりもり食べているレレイとは違い、彼が肉と一緒に口に入れたのは添えられていたキャベツの千切りだった。生のキャベツの上に熱々の肉を盛りつけてあるので、肉の熱で火が通ってしんなりとして食べやすい。

肉とキャベツを一緒に噛めば、キャベツの甘味が肉の脂や照り焼きのしっかりとした味を包み込むように口の中で調和する。最後に梅干しの爽やかさのおまけ付き。特にドレッシングなど必要なく、肉の味付けだけでキャベツが美味しく食べられる。

シャキシャキとした生のキャベツも美味しいが、こうやって肉の熱でしんなりとしたキャベツもまた美味しいのだ。今日はキャベツがあったのでキャベツの千切りが添えられているが、洗って千切ったレタスでも同じように一緒に食べるとそれはそれで美味しくなる。

「確かに梅味の料理はさっぱりしてるから、食べやすいってのはあるよな」

「それなら良かったー」

「少なくとも、イレイスとかジェイクさんが普通に食ってるから、食べやすいってことだろ」

「そうだね」

クーレッシュに言われて、悠利はこくりと頷いた。他のテーブルで食事をしているイレイシアとジェイクの二人も、特に負担に感じている様子もなくビッグフロッグの梅照り焼き肉を食べている。

彼等は小食代表みたいなものなので、その二人がしっかり食べているならば食べやすい料理ということだ。

皆が好む味付けの料理を用意するのは、まぁそこまで難しくはない。何だかんだで《真紅の山猫《スカーレット・リンクス》》の面々は悠利の作る料理が好きで、美味しく食べてくれるからだ。ただ、それぞれの食欲に応じて食べやすい料理を準備するとなると、ちょっと頭を使う必要があるだけで。

今日は悠利自身の食欲に合わせて肉の味付けを決定したが、結果として仲間達にも良い感じに作用しているので結果オーライと言えよう。やはり暑い季節には酸味でさっぱりさせた料理が美味しいのかもしれない。

「酸味のある料理って、暑いときに食べやすいと僕は個人的に思ってるんだよねー」

「まぁ、酸っぱすぎなきゃ美味いって思うんじゃね？」

「その辺の匙《さじ》加減は、個人差あるんだよねー」

具体的に言うと、梅干しをそのまま食べるのは苦手だが、味付けに使うのならば問題はないとかになる。後、多少酸っぱいぐらいとか、ポン酢で味付けしている程度なら平気でも、お酢を利かせた酢の物になると苦手意識が出るとか。酸味の調整は地味に難しい。

とはいえ、別にそれは酸味に限ったことではない。他の味でも同じことは起こるので、味見をして貰《もら》ったりして皆に合わせるのが大切だ。やはりご飯は、美味しく食べてこそなので。

「ユーリ、お肉のお代わりってないの？」

「……レレイ、まだ大皿に入ってるよ」

「うん、解ってるよ。でも、ライスお代わりしたらなくなっちゃうなーって思って」

「………まだ食べるの？」

「あったら食べるよ！」

満面の笑みを浮かべるレレイ。大皿をほぼ一人で平らげているというのに、この笑顔。ついでに言うと、彼女は既にご飯をお代わりしている。山盛りご飯の二杯目なのだが、どうやらもう一杯食べるつもりらしい。今日も大食いレッツゴーだった。

キラキラと顔を輝かせるレレイに、悠利は首を左右に振った。それなりの分量を用意したビッグフロッグの梅照り焼き肉であるが、既に全てのテーブルに分配されている。余剰分は存在しないのである。

「……ないの？」

「これでもいっぱい準備したんだよ……」

「そっかぁ……」

もっと食べたかったなぁと呟くレレイに、悠利とクーレッシュはため息をついた。相変わらず、本当に、よく食べるお嬢さんである。食べた分がどこに行っているのかが本当に謎だ。彼女はこんなにももりもり食べているのに、全然太らないのだから。

「それじゃあ、また作ってね」

「機会があればね」

「うん！」

まるで子供のように満面の笑みを浮かべるレレイに、悠利は確約を避けて返事をした。献立はそのときの状況で変化するので、お約束は出来ないのだから。

なお、何だかんだで他のテーブルでも好評だったらしく、大量に作ったビッグフロッグの梅照り焼き肉は全て消費されたのでした。皆に気に入られる料理がまた一つ増えたようです。

◇◇◇

「餃子《ぎょうざ》が食べたい……」

ある日の昼下がり、悠利はそんなことを呟いた。幸いなことにその独り言を聞いた人はいなかった。いたら「餃子って何？」と突っ込まれたことだろう。少なくとも王都ドラヘルン近郊で餃子の存在は確認されていないので。

悠利がこんなことを考えてしまったのには、理由がある。ワーキャットの里で出されたペリメニという料理で、忘れていた餃子への欲求を思い出してしまったのだ。あのペリメニは具材に鮭を使った水餃子のようだった。そこから餃子へ繋《つな》がってしまったのだ。

餃子の作り方は決して難しくはない。ただし、問題が一つある。ここは異世界で、餃子の存在は確認されていなくて、そうなると餃子の皮はお店に売っていないのだ。一から作る必要があった。物凄《ものすご》く手間である。

正しくは、数を作ろうと思うと凄く手間がかかるということだ。そうでなくとも餃子は手包みしなければならない料理だ。人数が多い上に沢山食べる面々が多い《真紅の山猫》では、人海戦術で皆で頑張るとかしなければ準備が追いつかないのは目に見えている。

「うーん、何とかしてそれっぽいの作れないかなぁ……」

悠利がここまで餃子《ぎょうざ》に心を奪われているのは、先日ペリメニを食べたからだけではなかった。何と、手に入ってしまったのだ。中華系の料理を作るときに悠利が家で愛用していた、オイスターソースなるものが。

今までは、醤油《しょうゆ》ではごま油を入れてもイマイチ中華っぽくならないなぁと思っていた悠利なので、そこまで中華系の料理を作ろうとか食べたいとか思うことはなかったのだ。そこへ、行商人のハローズおじさんが出先でオイスターソースを仕入れてきてしまった。お裾《すそ》分《わ》けでいただいたオイスターソースを見た瞬間、悠利の頭に作りたいあれやこれやが浮かんでしまった。

そこへ、ワーキャットの里で食べたペリメニの思い出が加わって、こんなことになっている。見た目が水餃子っぽいペリメニと、家で餃子を作っていたときに大活躍だったオイスターソース。その二つのせいで、悠利は今、餃子がとても食べたいモードだった。

皮を作るのは諦《あきら》めた。包むのを頑張るぐらいはするが、粉をこねて切って伸ばして皮を作るところまでやっていたら時間が足りない。何か他に、それっぽいものが作れる方法がないものか。

考えて考えて、悠利は思いついた。もとい、思い出した。

「白菜餃子にしよう！」

白菜が有り余っていたときに家で作っていた料理、白菜餃子。これは、餃子の中身が白菜というわけではない。外も中も全部白菜を使うというやつだ。つまりは、皮の代わりに白菜の葉っぱで餃子餡《あん》を包んでしまえというやつである。

丁度運良く、収穫の箱庭で手に入れた白菜が余っている。夏の季節に白菜は無縁だが、そこはそれ、季節を問わずに色んな野菜が手に入る採取ダンジョン様々だ。悠利はうっきうきで、夕飯に白菜で包んだなんちゃって餃子を作るための準備に勤《いそ》しむのだった。

「と、いうわけで本日は白菜で包む白菜餃子を作ります」

「……餃子？」

「うん、そういう名前の料理があってね。本当は小麦粉で作った皮で包むんだけど、それを白菜で代用します。餃子のイメージとしては、この間ワーキャットの里で食べたペリメニの、もっと皮が薄いやつかな」

「…………諾」

見知らぬ料理の名前を出されたマグは、よく解《わか》らないながらも何となくのイメージを掴《つか》んだのか、こくりと頷いた。後は、とりあえず悠利がこうやって作ろうとする知らない料理でハズレたことがないので、大丈夫だろうという感じの反応だった。謎の信頼がある。

そこでマグは、ちらりと食堂スペースの方へと視線を向けた。彼等がいるのは台所スペースだが、食堂スペースのテーブルで一心不乱に包丁をふるっている人物がいるのだ。

「レレイさん」

「え？」

「レレイさん」

「あぁ、レレイにはオーク肉をミンチにしてもらってるんだよ。ほら、僕らより彼女の方があの作業得意だし」

「……諾」

悠利の説明に、マグはなるほどと言いたげに頷いた。頷いて、餃子の中身はオーク肉なのかと言いたげにレレイが量産しているミンチへと視線を向けた。塊のオーク肉は、まな板の上でレレイによってミンチへと変えられていっている。両手に包丁を持ってミンチを作る彼女は、何だかとても楽しそうだった。

鼻歌交じりにご機嫌でオーク肉の塊をミンチにするレレイ。ミンチを作る作業そのものを面白いと思っているのと、ここで頑張れば美味しいご飯が待っているという期待でルンルンらしい。悠利としても作業を手伝ってもらえるので大助かりだ。

「ユーリー、これ、全部ミンチにしちゃって良《い》いんだよねー？」

「良いよー。お願いー」

「解ったー」

それなりの分量のあるオーク肉の塊を、レレイは気軽に請け負ってくれた。なお、今日使う分量にしては少し多めでお願いしているのだ。残った分は保存しておいて、また後日使えば良い。ミンチを作るのは大変なのだ。

「それじゃ、ミンチはレレイに任せて、僕達は他の準備に取りかかるよ」

「諾」

「まずは皮の代わりにするために、白菜を蒸します」

「蒸す」

「蒸し器の出番です」

「諾」

普段特に使ってはいないが、一応蒸し器は存在するのだ。焼いても良いのだが、そうすると白菜に焦げ目が付いたり、フライパンにくっついたりするので、今日は蒸す方向で作ろうと決めた悠利《ゆうり》であった。

餃子ならば焼いた方が好みなのだが、今日作るのは白菜餃子。何となく餃子っぽい味付けの料理という感じなので、蒸した方が白菜の甘味が美味しいという理由で蒸し器の出番であった。

「白菜は一枚一枚剥《は》がして、根っこの汚いところを取り除いたら、蒸し器で蒸します」

「中身」

「包むために先に蒸すんだよ。茹《ゆ》でるのでも良いけどね。とりあえず柔らかくして、皮の代わりに使えるようにします」

「諾」

なるほどと言いたげに頷《うなず》いたマグは、悠利がせっせと白菜を洗って根っこを切り落とす傍《かたわ》らで、蒸し器の準備に取りかかった。下の鍋《なべ》に水を入れてお湯を沸かすのだ。上に蒸し器を被《かぶ》せ、お湯が沸くのを待つ。

お湯が沸いてきたら、綺麗《きれい》に洗った白菜を重ねて並べる。しばらく蒸し器の中で蒸せば、くたりとした白菜に早変わりだ。これならば包むことが出来る。

蒸し器から取り出した白菜はまな板の上に並べ、葉っぱの部分と芯《しん》の部分とで切り分ける。餡を包むのは葉っぱの部分である。芯があると固くて巻きにくいので、ここで切り分けるのだ。なお、芯の部分は餡の中に入れるので無駄にはしない。

「マグ、葉っぱと芯の部分を分けたら、白菜を壊れない程度に絞って水気を切ってね」

「諾」

「余分な水気はいらないからね～。それが終わったら芯をみじん切りにします」

「諾」

任せろ、と言いたげにマグは力強く頷く。二人で手分けして葉っぱと芯を切り分け、余分な水気を切り、葉っぱはそのまま粗熱を取り、芯の部分はみじん切りにする。切った白菜の芯はボウルに入れて置いておき、他の材料の準備だ。

味のアクセントに加えるニラも白菜の芯と同じようにみじん切りにし、味付けに使う生姜《しょうが》とニンニクをすりおろしにする。こういった作業は慣れたものなので、特に無駄口も叩《たた》かず二人ともさくさくと準備していく。

すると、不意にカウンターの向こうに影が差した。

「レレイ？」

「ミンチ出来たよー。はいどうぞ」

「ありがとう」

「美味しいのになるんだよね？」

「美味しいかは食べてからの判断でお願い」

作っている段階でそこまでハードルを上げられても、と悠利は笑う。そんな悠利に、レレイは満面の笑みで応《こた》えた。

「大丈夫。ユーリのご飯はいつも美味しいから！」

「あはは、ありがとう」

「それじゃ、また手伝えることあったら呼んでね！」

「うん」

「包丁とまな板はルークスが綺麗にしてくれてるから」

「了解」

課題の続きやってくるーと去っていくレレイ。彼女の背中を見送って、悠利が食堂スペースの方に目を向ければ、可愛《かわい》いスライムが包丁とまな板を体内に入れて掃除中だった。ミンチを作ってベタベタになった包丁を綺麗にしてくれるルークスに、悠利は顔を輝かせた。

「ありがとう、ルーちゃん。それを手洗いすると本当に大変で……！」

「キュピー」

物凄く実感がこもった言葉だった。確かに、ミンチを作るために包丁で肉を叩き続けたまな板である。そりゃもう、ねっとりぐっちょりお肉まみれだ。包丁は百歩譲って多少はマシだとしても、まな板を綺麗にするのは意外と大変なのだ。

なので、そんな主《あるじ》のお役に立とうと頑張ってくれるスライムのルークスは、大変素晴らしいのである。……なお、包丁は一応刃物だが、スライムは核を傷つけられない限り痛覚はないので、あんまり気にしないで綺麗にしている。慣れたものである。

え？　従魔の仕事じゃない？　それってスライムがやることなのか？　とてもとても今更なので、どうぞ諦めてください。《真紅の山猫《スカーレット・リンクス》》においてはいつもの光景です。

「それじゃ、中に入れる餡を作るよ。オーク肉のミンチ、みじん切りにした白菜の芯とニラ、そこに生姜の絞り汁とすりおろしたニンニク、そしてオイスターソースを入れます」

「……？」

「あ、これはオイスターソースっていう調味料。貝の牡蠣《かき》を原料にして作った醤油みたいなものだよ」

悠利の説明に、マグはふうんと言いたげな顔でオイスターソースの瓶を見ていた。イマイチどんな調味料なのか解らないのだろう。悠利は少しだけオイスターソースを小皿に入れて、マグに差し出した。

「味見してみる？」

「諾」

悠利に言われて、マグはぺろりとオイスターソースを舐《な》めた。醤油のような色味だが、醤油よりも濃厚な、どこかねっとりとした感じの見た目。口に入れた瞬間に感じたのは、何かの旨味をぎゅっと凝縮したようなパンチ力で、後味は確かに言われてみれば醤油っぽいかな？　みたいな感じだった。

とりあえず味を確かめて、別に忌避するようなものではないと理解したのだろう。マグは先を促すように悠利を見た。早く味付けをしてしまおう、と言いたげである。

悠利も同感だったので、ボウルに材料を全て入れて、最後にオイスターソースを適量入れた。後は中身を全部混ぜてしまえば良いので、綺麗に洗った手で揉《も》み込むようにして混ぜ合わせる。

「ハンバーグ」

「うん、ハンバーグのときと似てるよね。今日はこの餡を白菜で包む必要があるけど」

「焼く」

「……え？」

「ハンバーグ、焼く」

言いたいことが悠利に通じなかったので、マグは重ねて告げてくれた。くれたのだが、悠利にはそれでもよく解らず、しばらく首を傾《かし》げる。

じぃっと自分を見てくるマグと、しばし無言の見つめ合い。少しして、ハンバーグと焼くという二つの単語が悠利の中で結びついた。

「もしかして、ハンバーグみたいに焼いたら良いんじゃないかってこと？」

「諾」

「まぁ、それでも美味しいとは思うけど、僕は餃子《ぎょうざ》の雰囲気を楽しみたいので、今日は白菜に包みます」

「諾」

別にそこまで焼くことにこだわりはなかったのか、マグはあっさりと引き下がった。多分、単純な疑問だったのだろう。これをこのままハンバーグみたいにして焼けば早いんじゃないのか、という。

なお悠利は、ウルグスの通訳なしでマグの意図を理解出来たことをちょっと喜んでいた。今の結構凄《すご》いことなんじゃないの？　みたいな気分である。……普段の意思疎通の難しさが如実に表れていた。

「最後に隠し味程度にごま油を入れて風味を付けたら、餡の準備は完了です」

「包む」

「そう。この白菜の葉っぱに餡を載せて、はみ出さないように包むんだよ」

「諾」

悠利が一つ見本に作ってみると、マグはふむふむと何度か頷いて作業に取りかかる。……手先が器用で職人気質なマグは、こういった作業に向いていた。悠利が心配するまでもなく、上手に包んでくれている。

「マグ、上手だね」

「簡単」

「そうかなぁ……？　ヤックだったら毎回分量が変わりそうだし、ウルグスは中身が多すぎてはみ出そうだよ」

「……確かに」

「あはは、マグもそう思うんだ。まぁ、そういう不格好なのがあってもそれはそれで楽しいけどね。最初から上手には出来ないってのが普通だし」

そんな他愛ない話をしながら、二人はせっせと白菜で餃子餡《ぎょうざあん》を包んでいく。全員が心置きなく食べられるようにするには、それなりに数がいる。なお、食べやすいように一つ一つの大きさはそれほど大きくならないように注意している。

ちなみに、完成形の見た目はロールキャベツに近いだろうか。あちらはキャベツで包むが、野菜の葉っぱで肉種を包むというのは似ている。餡の味付けを洋風にし、ロールキャベツのようにスープで煮込めばロール白菜になるだろう。ただ、今日は味付けがオイスターソースやごま油を使った中華風なので、一応餃子のつもりだが。

「それじゃ、出来上がったのを蒸そうか。蒸し器に並べてくれる？」

「諾」

二人で包んだ白菜餃子を蒸し器に並べて、火加減を調整する。水の量も問題ないことを確認したら、しばし待つ。蓋《ふた》をされた蒸し器から、シューシューと水蒸気の音がするのもまた、楽しい。

少しして蒸し上がったのを確認すると、蒸し器から一つ取り出して半分に切る。それを小皿に取り分けて、味見である。

「熱いから気を付けてね」

「諾」

熱々の白菜餃子を、彼等《かれら》はそろっと口へと運ぶ。断面から餃子餡が覗《のぞ》き、ぶわりと匂いが襲ってくる。生姜やニンニクの風味にごま油の香りが混ざった調味料の匂いが強く強く鼻腔《びこう》をくすぐり、早く食べたいという気持ちにさせた。

嚙《かじ》ってみると、蒸した白菜は柔らかく簡単に嚙《か》み切れる。餃子餡の方も、オーク肉のミンチではあるが白菜の芯とニラをたっぷり入れてあるので肉がぎちっと固まるというようなこともない。ふんわりとした食感で、それでいて口に広がる旨味爆弾が存在感を伝えてくる。

そう、まさに旨味の爆弾だった。オーク肉の肉汁がじゅわりと広がるのと同時に、匂いで存在感を示していた生姜とニンニクが自己主張をする。そこにオイスターソースの旨味がぎゅぎゅっと追加され、最後に鼻から抜けるのはごま油の香ばしい香りだ。

肉と野菜と調味料の美味しいところ全部取り、みたいになっている。蒸しているので餃子と言うにはちょっと違うかもしれないが、味は文句なしに悠利の食べたかった餃子のそれである。柔らかな白菜の食感もまた楽しい。

「うん、良《い》い感じに出来てると思う。マグはどう？」

「美味」

「良かった。それじゃあ、残りも順番に蒸していこうね」

「諾」

味に問題がないことが解《わか》ったので、悠利とマグは残りの白菜餃子を蒸すことにした。そこそこの量があるので、蒸し器にぎゅぎゅっと敷き詰めて頑張るのだった。

夕飯の時間になった。ごろりとした白菜に「これ何？」という顔をしていた仲間達は、今や白菜餃子の虜《とりこ》である。肉食メンツを満足させる食べ応えがありながら、ほぼ野菜で構成されているので小食組もそこまでしんどくならないという魅惑的な料理であった。

悠利《ゆうり》としてはペリメニとオイスターソースからの連想で餃子が食べたかったからという苦肉の策でやってみた白菜餃子だが、よく考えると小麦粉で作った皮でやるよりも汎用性《はんよう》が高かったのかもしれない。通常の皮でやると、野菜感が減るので。

「ユーリくん、ユーリくん」

「何ですか、ジェイクさん」

「さっきも言ってましたけど、餃子って何ですか？」

「……ペリメニの親戚《しんせき》みたいな料理ですね」

「そこをもうちょっと詳しく」

にこっと笑う学者先生。白菜餃子がお気に召したのか、いつもよりもりもりと食べてくれているのはありがたい。ありがたいのだが、先ほどからこんな調子で、未知の料理の詳しい説明を求めてくるのである。悠利はちょっと困っていた。

何に困っているかというと、説明することが多そうだからだ。そもそも、今日作ったのは白菜を皮の代わりに使う白菜餃子である。それも、焼かずに蒸している。もうこの段階で、「餃子と同じ味付けの餡を包んでいるだけの全然違う料理」なのである。餃子とは何ぞやを説明するのに、実物がどこにも存在しない。

なので、一番イメージが近いであろうペリメニを例に出している。ジェイクは一緒にワーキャットの里に行ったので、ペリメニが何であったのかは覚えている。だからそこは通じたのだが、学者先生の好奇心は満たされなかったらしく、こんな感じだった。

別に、説明をするのが嫌なわけではない。ただ、今は美味しくご飯を食べたいだけなのだ。静かにご飯を食べたいと口に出さずに表情で訴える悠利に、ジェイクは気付いてくれなかった。……ジェイク先生にはそんな空気読みは出来ないのです。

しかし、このテーブルには救世主がいる。しつこく悠利に話しかけようとしたジェイクの顔面に、大きな掌《てのひら》が押し付けられた。

「無駄口叩《たた》かず食え。こいつの飯の邪魔をするな」

「……ぅ」

「解らねぇっていうなら、このまま力を入れる」

「……ご飯食べます」

「そうしろ」

言うことを聞かないとアイアンクローをするぞというアリーの宣言に、ジェイクは素直に折れた。学者先生は非力なので、攻撃されたら一瞬で負けてしまうのだ。後、アリーがこんな行動に出るということはヤバかったんだなと理解したようだ。……自力で気づけないから、彼はちょっと残念なのである。

手助けをしてくれたアリーの優しさに、悠利は素直に感謝を述べた。これでゆっくりご飯が食べられる。

「アリーさん、ありがとうございます」

「気にするな。しかし、野菜が多い割に食べ応えがあるな、この料理」

「多分それは、中の餡にしっかりと味がついてるからだと思います」

「そういうもんか？」

「生姜《しょうが》やニンニクがたっぷり入ってると、それだけで食欲をそそるというか、満足感があるんじゃないかなーと」

あくまでも個人的な感想ですけど、と悠利はのほほんと答えた。ちなみに、悠利がそう言い切れるだけの分量の生姜とニンニクが、この餃子餡には入っている。餃子には生姜とニンニクが欠かせないよね！　という悠利の謎のこだわりである。

まぁ実際、その二つとオイスターソースのおかげで深みのある味が出ており、口の中にじゅわりと肉汁と共に味が広がって味覚を楽しませてくれるのだ。また、蒸してある白菜の甘味も忘れてはいけない。全てが絶妙なバランスで噛み合っており、味が濃いのに後味はあっさりということになっているのだ。

蒸した白菜の部分だけを食べると水っぽいとか味が薄いとか感じるだろう。しかし、中の餃子餡と一緒に食べるとそういった感想は吹っ飛ぶ。中華風のしっかりとした味付けが、インパクト抜群に口の中を満たしてくれるのだ。

「こういう野菜と肉が一緒に食べられるおかずは助かるよね」

白菜餃子を食べながらぽつりと呟《つぶや》いたのは、アロールだった。同席している面々が、不思議そうに彼女を見る。《真紅の山猫《スカーレット・リンクス》》の最年少である十歳児のアロールは、その視線に怖《お》じ気づくこともなく言葉を続けた。

「僕はあんまり量を食べられないからさ。こういう料理ならバランスとか考えないで食べられるから便利だなって思って」

「あぁ、それは僕も解ります。お肉もお野菜も食べなきゃと思うんですけど、どうしてもお腹《なか》が膨れちゃうんですよね」

「やっぱりロイリスもそう?」

「身体《からだ》のサイズがこんなんですから」

「だよね」

アロールの意見に同意するロイリス。彼は十二歳だが、ハーフリング族の特徴で成長が遅く、外見は八歳ぐらいだ。アロールと並んでも大差がないというか、アロールよりも更にちょびっと小柄である。お子様体型なのだ。

そんな小さい組の二人は、小さな身体に合わせた胃袋しか持ち合わせていない。どこぞの大食い娘のように何も考えずに片っ端から食べれば良い、なんてことにはならないのだ。そんなことをしたら腹痛になる。

なので、お腹に優しい野菜たっぷりで、肉もきちんと食べられるような料理は大歓迎なのだろう。お気に召したのか、二人ともいつもよりも箸《はし》が進んでいる。

「アタイはもうちょい肉が多くても良いけどなー」

「僕もそうかな」

「ラジはともかく、ミリーも割と肉食だよね」

「肉食っていうか、肉を食べないと身体の動きが悪いんだ」

「大変だね、肉体派ってのも」

ミルレインとラジは身体が資本タイプなので、野菜主体よりもお肉たっぷりの方が好みだ。とはいえ、この白菜餃子が気に入らないというわけでもない。味が濃いので食べ応《ごた》えがあるし、美味しくいただいている。ただ、もっと肉の比率が多くても美味しいだろうなと思うだけで。

虎獣人のラジは肉食と一目で解るが、山の民で鍛冶《かじ》士のミルレインも肉をもりもり食べる。鍛冶士は力仕事なので、使ったエネルギーをちゃんと補充しないと倒れてしまうからだ。何でも満遍なく食べるのも大切だが、身体を動かす人はエネルギー源としてお肉をしっかり食べるべきなのである。

その辺りは同じ仲間でも、食の好み以前の問題で色々と違う。今話しているのは、肉が多い方が好きという話ではない。動けなくなるので肉が必須《ひっす》という話なので。

とはいえ、そんな真面目っぽい会話を交わしつつも、全員大皿に伸びる箸が止まらない。白菜餃子は大人気だった。

大人気といえば、オーク肉のミンチを作るのをお手伝いしたレレイは、白菜餃子に大喜びしていた。猫舌なので冷めるのを待ってから食べているが、匂いだけで美味しそうだというのを感じたらしく、一口目は迷いなくがぶっとやっていた。

「これ、本当に美味しいねぇ」

「そりゃ良かったな」

「口の中でお肉の味がぶわーって広がるの、すごいよ！　何かこう、どーんって感じ！」

「……はいはい」

どーんでばーんでがーって感じ、みたいな感想しか言わないレレイに、クーレッシュは面倒くさそうに相づちを打っていた。レレイが美味しいご飯にテンションが上がるのはいつものことだが、今日はそれに輪をかけて何か面倒くさかった。

理由は勿論《もちろん》ある。自分がミンチ作りを手伝ったので、それだけでこの料理への愛着が芽生えているのだろう。後、ミンチを作っていたときから期待が煽《あお》られていたというのもある。腹ぺこ娘は今日も絶好調です。

「だってクーレ、何も付けないでも口の中に味がいっぱいだよ」

「知ってる。俺も食ってるし」

「この白菜と中身を一緒に食べるのが最高だよねぇ」

「そうだな」

「後ね、中身の部分と一緒にライスを食べると、ライスにお肉の味とかがぶわーって広がって、すっっごく美味しい！」

「良かったな」

満面の笑みを浮かべるレレイを、クーレッシュはやはり適当にあしらっていた。なお、彼の返事が適当なのには理由があった。ご機嫌で食べるレレイから、大皿の中身を死守するのに忙しいからだ。

熱々の間は食べるのに苦心する猫舌のレレイだが、冷めてしまえば後は早い。大口でがぶっと食べちゃう系女子なので、あっという間に食べきってしまうのだ。一瞬の油断で大皿の中身が彼女のお腹《なか》に消えてしまう危険性があった。

なのでクーレッシュは、いつものことと言わんばかりに自分の取り皿に必要分を確保し、同席者達にもそれを促し、レレイが箸を伸ばしてきたらそれとなく牽制《けんせい》するという作業で忙しいのだ。……同席することが多いので、彼はこういうことに慣れていた。彼がレレイの飼い主候補と言われる所以《ゆえん》である。

「イレイス、ヘルミーネ、ちゃんと確保しろよ。こいつ、食べるスピード上がってくるから」

「ありがとうございます」

「解ってるー」

「これ美味しいねー！」

「お前はいったん他のおかずを食え！」

「ふぇ？　……うん、解った」

イレイシアとヘルミーネはクーレッシュに促されて大皿から白菜餃子《ぎょうざ》を取っていた。レレイは気にせず箸を伸ばそうとして、クーレッシュにツッコミを受ける。素直に返事はしたものの、何でストップをかけられたのかが全然解《わか》っていないのだった。安定のレレイ。

賑《にぎ》やかなその会話を聞きながら、悠利は思った。餃子の味付け、意外と皆好きな感じなんだな、と。白菜で包んでいるのでほぼ野菜だからどうかと思ったが、しっかりした味付けで皆に大好評だ。これなら、今後も色々作って大丈夫かな、と。

今はまだ無理だが、いつかはちゃんとした餃子を作りたい。ペリメニのようなもちっとした皮の水餃子ではない。薄い皮がパリパリとしっとりの両方を兼ね備えた、日本人にはお馴染《なじ》みの焼き餃子が食べたいのだ。調味料が手元にあるので、いつか頑張ろうと思う悠利だった。

「ユーリ」

「あ、はい。何ですか？」

「あちこち気にするのは良いが、お前もちゃんと食べろ」

「はーい」

仲間達の様子をうかがったり、懐かしの餃子に思いを馳《は》せて箸が止まっていた悠利に、アリーのツッコミが飛ぶ。放っておくとにこにこ笑って皆を眺めていることがある悠利なので、こういうツッコミはありがたい。ちゃんと食べなきゃダメだよね、と食事に戻る。

頑張って作った白菜餃子を、悠利はばくりと齧《かじ》った。蒸した白菜の軟らかさと甘さ、餃子餡《ぎょうざあん》のパンチのある味付け、だというのにほぼ野菜という優しい後味。それらを堪能《たんのう》して、自然と笑みが浮かぶのだった。

なお、食後にジェイクに餃子とは何かを質問攻めにされ、最終的に「僕の故郷の近隣の国のお料理です……」と雑な説明に逃げる悠利《ゆうり》なのでした。嘘《うそ》は言ってないです。

◇◇◇

《真紅の山猫》の仲間達は、身体が資本の冒険者である。そのためか、魚や野菜よりも肉が人気であった。それはもう仕方ないと悠利も思っている。消費したエネルギー分を身体が求めているのだろう、と。

しかし、料理担当としてはそれではいけないと思った。肉を食べさせるのは構わない。けれど、同じくらい野菜やキノコなども食べてほしいのだ。一応野菜のおかずも用意しているし、そちらもちゃんと食べてくれている。だがやはり、食いつきが違う。

「うーん、今日はどうやって野菜も合わせようかなぁ……」

やはり、美味しいと思って食べて貰《もら》いたい。自然と箸が伸びるような状況で、野菜もちゃんと食べて貰えるのが最高だ。そうなると、肉と合わせて作る料理が一番なのだが、なかなか良い案が思いつかない。

単純に野菜炒《いた》めのようにしてしまうと、肉を食べている感じが薄れてしまう。かといって、付け合わせのように野菜を添えてしまうと、肉と野菜が別のおかずとして認識される。必然的に、肉の方が消費されていくのだ。その辺をどうにかしたいと悠利は一人唸《うな》っていた。

「ユーリ、今日は何悩んでるの？」

「あ、ヤック。お昼のおかずにね、肉と野菜を両方食べられるのが何かないかと思って……」

「あぁ、いつもの」

「うん、いつもの」

こんなやりとりも慣れっこになってしまったので、ヤックの返答はあっさりしていた。悠利の方もあっさりしている。実際に食べる側としてヤックが意見を出すこともあるので。

そのヤックはというと、確かに食べ盛りでお肉も好きだが、身体がそこまで育ちきっていないので食欲は普通。農家の出身なので野菜も気にせず食べるので、実は悠利はヤックのことはあんまり心配していない。心配なのは肉食派だ。

うんうん唸っている悠利を横目に、ヤックは買い出しで手に入れてきた食材を冷蔵庫に片付けている。悠利が洗濯をしている間に、彼はひとまず足りない食材の買い出しに出掛けていたのだ。……ちなみに、夕飯の分で足りないなと思ったら、午後からまた買い出しに行く。そんな感じの生活が日常である。

そこでヤックは、自分が買い込んできた食材を悠利に見せることにした。どんと作業台の上に置かれたのは、真っ白なキノコである。

「エノキ？」

「うん。何か安かったし、オマケもしてもらったから買ってきた。エノキなら炒め物にもスープにもなるよね」

「そうだね。使い勝手も良いし。……美味しそうなエノキだねぇ。凄《すご》く綺麗《きれい》」

「オイラもそう思ったから買ったんだー」

悠利の言葉に、ヤックは嬉《うれ》しそうに笑った。実際そのエノキは、大きさも立派で、色も綺麗だった。実に美味しそうなエノキである。キノコは何にでも使えるので大変ありがたい。

そこまで考えて、悠利はハッとした。この素晴らしいエノキを使えば良いのだ、と。

「ヤック、お昼は肉巻きエノキにしよう」

「肉巻き……？」

「エノキをお肉で巻いて焼くんだよ。味付けはバター醤油《しょうゆ》」

「それ絶対美味しいやつ！」

「美味しいと思う」

説明を聞いたヤックは、顔を輝かせた。肉でエノキを巻くというのは食べてみないと味のバランスなどは解らないが、味付けがバター醤油ならば美味しいに違いないという結論だった。お肉もエノキもバター醤油との相性が良いのは知っているので。

「それじゃ、準備をしよう。使うお肉はオーク肉の薄切りだよ」

「解ったー！」

ヤックが肉の準備をする間、悠利はエノキの下拵《したごしら》えにかかる。根元の汚れた部分だけを落とし、汚れやゴミがないかを確認する。その後は、エノキを三分の一にカットした。

「切っちゃうの？」

「お肉で巻くから、食べやすい大きさにしないと噛《か》み切れないんだよね……」

「なるほど……。それは大事だね」

「大事だよ」

大真面目な顔で悠利は呟《つぶや》いた。物凄く実感がこもっていた。

それというのも、過去に実家で作ったときに、ボリュームがあって良いかと思って、エノキを長いまま巻いてみたのだ。そうしたら、食べるときに噛み切りにくいし、ナイフで切るにもぐちゃっとなってしまった。挙げ句の果てに、すぽーんと中のエノキだけ抜け落ちるようにもなった。とても悲しい思い出だ。

その教訓を生かし、巻く前にエノキを短く切った方が良いという結論に達した悠利だった。三分の一ぐらいにしておけば、一口で口の中に入れることも可能だろう。これ以上短くすると今度は巻くのが大変なので、このぐらいが良い塩梅《あんばい》のはずだ。……ちなみに、半分ではちょっと長かったというのが悠利の体感である。

そうこうしている間に肉の準備も整った。まな板の上に薄切りにしたオーク肉を広げ、そこに軽く塩胡椒《こしょう》をして下味を付けておく。その後、エノキを適量載せてくるくると巻くだけだ。

「注意点は、エノキを入れすぎないこと。端っこのお肉はしっかりくっつけること。この二つかな？」

「了解！　破らないように気を付けて巻けば良《い》いよね？」

「うん。……まぁ、ヤックなら具を入れすぎて中身がはみ出て巻けなくなる、なんてことはないと思うけどね」

「……オイラ、食べにくいのは嫌だから」

「だよね」

エノキをたっぷり入れて巻いたら、それはもう一口で食べるのに適さない大きさになるのが目に見えている。ヤックはその辺は考えられるので、悠利もあまり気にしていない。二人で仲良く、くるくると肉巻きエノキを作っていく。

ちなみに、彼等《かれら》が脳裏に思い浮かべたのはウルグスであった。ウルグスは大柄なこともあって口も大きいので、沢山食べたい気持ちが逸《はや》って肉を大きく切りすぎたり、具材を詰めすぎたりすることがある。おにぎりもちょっと大きくなりがちだ。

逆に、職人気質なところがあるマグが作ると、見本と同じ大きさ、分量になることが多い。こういうところにも各々の性格が出るものである。それもまた楽しいのだが。

「巻けたら、後はフライパンで焼いてバター醤油で味付けをするだけだよ」

「使う油は？」

「オリーブオイルにしておこうか」

「解ったー」

フライパンにオリーブオイルを引いて、そこにオーク肉を巻いたエノキを並べる。このときの注意点は、巻き終わりの部分を下にすることだ。そうすることで、先に火が通ってくっついて、解《ほど》けにくくなるので。

そう説明を受けたヤックは、慣れた手つきで肉を並べていく。あまりぎっちり並べるとひっくり返すときに不便なので、隣とくっつかないように気を付けつつ、であるが。

全て並べたら、焦がさないように注意してじっくりと焼いていく。エノキが入っているので、肉の表面だけではなく中のエノキにも火が通るようにするのが重要だ。キノコの中には生食出来るものもあるようだが、少なくともエノキは加熱した方が良いので。

「焼けてきたらひっくり返して反対側も焼いて、それが出来たら横も焼いていくよ」

「すぐ横にするのは？」

「どっちでも良いよ。転がりにくい場所から焼けば良いかなってだけ」

「なるほど」

「転がっちゃうと面倒くさいからねー」

「あははは」

これがブロック肉などであれば、どの面を焼くのも簡単だ。もしくは、中に入ってるのが固い野菜などだった場合も、安定するだろう。エノキの場合はちょっとくにゃっとしているので、その都度転がらない場所を順番に焼く方が良い。

また、徐々に火が通ってきたら、隣にもたせかけるようにして安定させるのも一つの手である。重要なのは、全ての面をきっちり焼くことだ。そうすることで、中のエノキにもしっかりと火が通るので。

全ての面が焼けて中のエノキにもしっかりと火が通ったのを確認したら、最後の仕上げだ。味付けである。

「きちんと火が通ったのを確認してからバターを入れて、バターが溶けたら全体に絡めて、最後に仕上げの醤油だよ」

「うん。でも、それならバターで焼くのでも良いんじゃないの？」

「それだと焦げやすかったり、バターが沢山必要になったりして、こってりしすぎるんだよねー」

「そういうもの？」

「個人的には、バターは最後の仕上げに入れる方が食べやすくて好きかな」

「そうなんだ」

ヤックはバターがいっぱいでも美味しいじゃないかと思ったが、悠利の言い分を聞いてそれならと素直に聞き入れた。何故ならば、食べるのは自分だけじゃないからだ。こってり好きは薄味でも食べられるが、薄味好きはこってりだと胃もたれしてしんどくなってしまう可能性がある。合わせるならばそちらだろうなと判断したのである。

なお、これはあくまでも悠利の体感なので、バターで炒めるのが悪いというわけではない。ただ、料理によって相性があると思うのだ。今回は肉をじっくり焼く必要があったので、焦げ付きやすいバターよりオリーブオイルの方が良いと思ったし、大量のバターではこってりしすぎるという判断である。ケースバイケースは大事だ。

そんなわけで、フライパンに入れたバターが溶けたのを確認すると、悠利はころころと肉巻きエノキを転がしてバターを絡める。全体にバターが絡まったのを確認したら、ぐるっと醤油を回しかける。そしてまた混ぜて、全体に味がちゃんと馴染《なじ》むようにする。

フライパンの中で、熱されたバターと醤油の香りがぶわわっと広がった。先ほどまでの肉を焼いている匂いも食欲をそそったが、そこにバターと醤油が加わったことで何とも芳しい匂いになっている。フライパンの中身を見つめるヤックの眼差《まなざ》しも、心なしかキラキラしていた。

「はい、完成。それじゃ、味見してみようか」

「うん！」

味見は大切だ。一つずつ小皿に肉巻きエノキを取って、少し冷ましてから口へと運ぶ。バター醤油の香ばしい香りが鼻腔《びこう》をくすぐり、焼かれた肉とエノキの匂いがそこに加わる。頑張れば一口で食べられる大きさの肉巻きエノキは、丸ごと口の中だ。

焼かれた肉の香ばしさと、薄切り肉ゆえの噛み切りやすさがあった。そこに、しんなりとしたエノキの弾力が加わる。口の中でホロホロと解けて肉とエノキが混ざりあい、バター醤油の風味と合わさって何とも言えない美味しさが広がる。噛めば噛むほどにエノキの旨味が滲《にじ》み出るのも素晴らしい。

「美味しい……！」

「美味しく出来たね」

「バター醤油だから食べ応《ごた》えもあるよ、ユーリ」

「中身は殆《ほとん》どエノキなんだけどねー」

大成功だねと喜び合う二人は、残りの肉巻きエノキも作ってしまおうと作業に取りかかるのでした。


「ふむ、肉が少なくとも食べ応えがあるものだな」

「お口に合って何よりですー」

感心したように告げるフラウに、悠利《ゆうり》はにへっと笑った。身体《からだ》が資本の冒険者の中でも、身体を鍛えて戦闘をメインにしているフラウのお墨付きがもらえるのは、大変ありがたい。それは、彼女以外の沢山食べる面々の口に合う可能性も高いということなのだから。

オーク肉の肉巻きエノキは、薄切り肉を使っている。そして中身はほぼエノキ。つまりは、肉を食べているという満足感は少ないのだ。しかし、そこをカバーするのがバター醤油の濃厚な味付けである。悠利の作戦は成功していた。

今日も上手く作れたし皆も喜んでくれて良かったなーとご機嫌で食事を続ける悠利に、フラウは優しい笑顔で告げた。

「ユーリの料理はいつでも美味しいぞ」

「ありがとうございます」

日々、今日も美味しかったと仲間達は感想を告げてくれる。けれどその言葉は、何度聞いても嬉しいものだ。自分が少しでも皆のお役に立てていると思うのは、何だか胸がぽかぽかしてくるのである。

なお、悠利は自分のやっていることを割と過小評価している。素人なりに栄養バランスや食べやすさを考慮して日々美味しいご飯を作ってくれるということが、仲間達にはどれほどありがたいのかイマイチ解《わか》っていないのだ。解っていないところが悠利だと皆も理解しているので、それならこまめに感謝と感想を告げるのである。

何せ、悠利が来るまでの《真紅の山猫《スカーレット・リンクス》》の食事は、こんな風に豪華ではなかった。勿論《もちろん》、別に質素なわけではない。身体が資本の冒険者が満足出来るように、食材はきちんと用意されていた。しかし、それを使いこなせるだけの料理の腕を持ち合わせるものが少なかった。

今でこそいっぱしの料理が作れるようになった見習い組の四人であるが、当初は小学生の家庭科レベルのご飯しか作れなかった。焼いた肉と茹《ゆ》でた野菜、みたいなノリである。当然各々が作れる料理のレパートリーも少なかった。それを思えば、今は大進歩である。

「これ、薄切り肉だから食べやすいな」

「エノキが噛み切りやすいように、小さめで作ってみたんだよね」

「え、何？　前に失敗したこととかあるの？」

「……あります」

アロールの素朴な疑問に、悠利は素直に答えた。失敗は成功のもとである。失敗から学んで改良すれば良いのだ。

「ちなみにどんな失敗したの？」

「エノキが長い方が食べ応えあるかなって作ってみたら、噛み切れなかった……」

「……あぁ……」

火の通ったエノキの、くにゃりとした食感を思い出したのかアロールはなるほどと言いたげに頷《うなず》いた。エノキ単体で食べるなら噛み切るのも難しくはないのだが、肉巻きになっていたら難しいのだろうというのは理解出来た。何せ、食べてみたらそんな感じだったので。

「口の中でバラバラになるのは構わないんだけど、噛み切れずにぐちゃってなるのとか、食べにくいでしょ？」

「それはそう」

「だから、最初からエノキを短く切った方が良いなってなったんだよね」

「エノキがそこまで入ってないのもそういう理由？」

「そういう理由。このぐらいの方が食べやすいかなって」

僕そんなに口大きくないしと続ける悠利に、アロールは同感だと言いたげに頷いた。彼女も子供らしく口が小さいので、これ以上大きいと一口で食べられないだろう。その辺りの配慮がされていることに感謝して、アロールは肉巻きエノキを再び口へと運んだ。

バター醤油《しょうゆ》というしっかりとした味付けだが、食べてみてそこまでこってりしているという印象は受けない。肉の部分だけだと濃い味付けだと感じるが、エノキを噛むことで旨味を含んだ水分が口の中に広がり、混ざり合ってほど良い調和になるのだ。

全体の半分以上がエノキという状態だが、肉の存在感は失われていない。それは、肉でエノキを巻いたことによって、エノキに肉の旨味が染みこんでいるのも理由だろう。エノキだけを噛んだとしても、そこに肉のエキスを感じるのだ。オーク肉の存在感がありながら後に引かない優しい味わいが何とも心地好《よ》い。

　今回は豚肉に似ているオーク肉で作ったが、バイソン系の肉、つまりは牛肉っぽい肉でもちゃんと美味しく作れる。そちらはそちらで美味しいのだが、どうしてもバイソン肉はお高いのでオーク肉になったのだ。薄切りで肉巻きに出来そうな部位のバイソン肉は、ちょっぴり贅沢《ぜいたく》になってしまうので。

　それに、オーク肉が不味《まず》いわけではない。むしろ豚肉と考えるとかなり美味しい豚肉のイメージに近い。異世界の魔物肉は旨味がたっぷりで、元の世界で食べていた肉と似ている味が多いので助かっている。どういう味か解らないときも、【神の瞳《ひとみ》】さんの鑑定結果ですぐに解るのが何よりありがたい。

　……え？　技能《スキル》の使い方としてどうなんだ？　それはもう、今更中の今更です。そもそも食品の目利きに大活躍しているので。

「しかしこれは、作るのが手間だったんじゃないか？」

「まぁ、確かにくるくる巻くのはそこそこ手間ですけど、簡単なので」

「うん？」

「形が崩れないようにとか、細かいことは考えないでどうにかなるので、楽です」

「……なるほど」

　悠利の説明を聞いて、フラウは苦笑を浮かべた。綺麗《きれい》な形にする必要はない。適量を肉に載せて巻くだけ。それも、何も考えずにくるくると巻いていくだけだ。確かに、そういう意味では簡単と言えるだろう。

数を用意するのは手間ではあるが、調理自体は焼くだけなのでそこまで大変だとは思わない。それに、昼食は人数が少ないので困りはしないのだ。

そんなことを思っていた悠利の耳に、アロールの言葉が届いた。

「あのさぁ、ユーリ」

「何？」

「多分これ、肉食組も喜ぶ味だと思うんだよ、僕は」

「まぁ、バター醤油だしねぇ」

「それでもって、今ここに、騒ぎそうな肉食組はいないんだよ」

「……そうだね」

お肉大好きなレレイも、大柄な身体に相応《ふさわ》しくもりもり食べるウルグスも、身体が資本を体現する前衛組のブルックも、ラジも、マリアも、いない。辛うじてリヒトはいるが、彼はそもそも自己主張や料理の取り合いに参戦するわけでもないし、食事量も年齢性別体格を考えれば無難な範囲である。

アロールが何を言いたいのか、悠利は察した。察したが、すすーっと視線を逸《そ》らした。ちょっぴり現実逃避がしたかった。

けれどアロールはそれを許さず、結論を口にした。

「今日の昼にこれを食べたって聞いたら、絶対に食べたがるよ」

「……うぅ、もうちょっとオブラートに包んでほしかった……」

「どんな言い方をしても現実は変わらないだろ」

「ソウデスネ……」

十歳児は容赦がなかった。けれど確かにその通りだったので、悠利は棒読みの口調ながら素直に頷いた。

自分から何を食べたか公言することはなくとも、聞かれれば答えるのが人の情というもの。そして《真紅の山猫》の面々は、自分が不在のときの献立が何であったのかを皆で確認し合ったりする。食べるのが大好きなレレイなどは特に。

その彼等《かれら》の耳に肉巻きエノキのバター醤油焼きが入ったら、どうなるか。名前だけでも美味しそうな料理だと判断されて、食べたいとリクエストが上がることだろう。そもそもバター醤油味は大人気なのだ。

「人数が多いときにリクエストされたら、見習い組総動員しよう……」

「まぁ、頑張って」

「アロール物凄《ものすご》く他人事《ひとごと》！」

「実際他人事だしね」

「うぅ……」

ドライなアロールの言葉に、悠利はしょんぼりと肩を落とした。腹ぺこを抱える大食いメンツの胃袋を満たす分量を考えると、結構な作業になるのが目に見えているからである。とはいえ、美味しく食べるためのお手伝いなら、見習い組の面々は頑張ってくれるだろう。

そんな風に食事をしながらじゃれる悠利とアロールを見て、フラウは口元に笑みを浮かべた。アロールが他愛ない軽口を言えるのは良いことだった。彼女は他人との交流があまり得意ではないので。

うちの子達は可愛《かわい》いなと言いたげに二人を見守るフラウの視線に気付かぬまま、悠利とアロールはあーだこーだと会話を続けているのでありました。

なお、アロールの考えは大当たりして、後日大量の肉巻きエノキのバター醤油焼きを作ることになった。皆で協力して頑張ったので何とかなりました。

◇◇◇

「……別に冬瓜《とうがん》は、生でも食べられるよ？」

「え？」

悠利の言葉に、カミールはぽかんとした。驚いた顔をしているカミールに、悠利は不思議そうに首を傾《かし》げた。それがどうしたのと言いたげな悠利と、何を言われたのか解らないと言いたげなカミール。しばしの沈黙があった。

そして、衝撃から立ち直ったカミールは悠利に向けて叫んだ。

「冬瓜って生でも食えんの⁉」

「うん。それがどうかした？」

「でも毎回加熱してるじゃん！」

「それは、炊いたらトロッとした食感になって美味しいからだけど」

「……マジかよ……」

今度こそカミールはがっくりと肩を落とした。何をそんなに衝撃を受けているんだと悠利は思うが、カミールにとっては衝撃の事実だったらしい。絶対に加熱して食べなければいけないと思っていた食材が、実は生でも食べられましたはそれなりに驚きらしい。

そんなカミールを見て、悠利はそれならと提案を口にした。

「じゃあ、今日の副菜に生の冬瓜料理作ってみる？」

「え？」

「サラダっぽいやつにすれば、箸休《はしやす》めになるだろうし」

「やる！」

未知の料理、食材の未知の使い方に興味が湧いたのか、カミールは満面の笑みで食いついた。そんなに反応するようなものじゃないけどなぁと思いながら、悠利は何を作るか考えてみる。

当初は冬瓜をスープに入れるか煮物のように炊くか考えていたので、それを取りやめて何を作るのか、だ。サラダっぽい味付けの方が皆も食べやすいだろうとは思う。とはいえ、暑い日が続いているので、あまり濃い味付けよりは食べやすいさっぱりしたものが良いだろう。

そこまで考えて、悠利《ゆうり》は脳内から一つのレシピをチョイスした。こういうときに活躍してくれるのはやはり、皆も何だかんだで馴染《なじ》んでくれた梅干しさんである。

「それじゃあ、冬瓜の梅マヨ和《あ》えにしようか」

「梅マヨって、前に肉焼くのに使った味付けのやつか？」

「うん。今回はマヨネーズのサラダに梅の風味が入ってる感じになるだけだよ」

「ふーん」

どんな感じになるんだろうと言いたげなカミールだが、異論はないらしい。味付けよりも、冬瓜を生で食べられるという方が気になっているのかもしれない。

そうと決まれば、下拵《したごしら》えだ。まずは冬瓜の皮を剥《む》き、種を取る作業が待っている。冬瓜は切らずにそのまま適切な場所で保存すれば冬まで保《も》つと言われる野菜だが、皮はそこまで固くはない。中身も柔らかいので、大きさの割に簡単に切れる。

悠利の感覚で言うと、大根よりは固くて、カボチャよりは柔らかいという感じだろうか。カボチャは中身も固いので包丁を入れるのも一苦労だが、冬瓜の中身は大根のように簡単に切れるので鍛えていない悠利でも簡単に丁度良い大きさに切ることが出来る。

皮を剥く前に四分の一ほどの大きさにして、スプーンを使ってごりごりと種を取る。この種の部分は特に食べないので、そのまま捨てる。もしかしたらわたに該当する部分なので栄養があるかもしれないが、美味しく食べる方法を悠利はよく知らないので、そのままぽーいである。後ほど、ルークスがちゃんと処理をしてくれるだろう。

その後は、カミールと二人で丁寧に皮を剥く。煮物にするときなどはうっすらと皮の一番内側を残すようにすると緑の色味が透き通って綺麗だが、今日は生で食べるのでざくっと全てを剥いてしまう。

「で、皮は剥いたけど、次は？」

「次は、短冊切りにします。薄すぎず厚すぎずって感じで」

「……一番難しいやつじゃん」

「生で食べるのを考慮した厚みにすれば良《い》いんだよ」

そう告げて、悠利は皮を剥いた冬瓜をトントンと切る。まず、食べやすい幅に切り分けて、続いてそれを良い感じの厚みに切っていく。短冊切りと言っているが、冬瓜は大根のように真っ直《す》ぐではないので、ところどころ不格好なのだがそれもご愛敬だろう。

カミールも、悠利が切った冬瓜を見て同じように切る。見本があれば何となく切れるようにはなっているのだ。……ただまぁ、きちんと全部同じように切るなんて芸当は出来ないが。それが出来るのはよほど料理上手か、几帳面《きちょうめん》かだろう。

「切り終わったらボウルに入れて、塩もみをします」

「塩もみっていうと、キュウリとかで余分な水気を取るためにやるやつだよな」

「正解。冬瓜もキュウリと一緒でほぼ水分だから、塩もみすることで余分な水分が抜けて、味が染みこみやすくなるんだよ」

「へー」

短冊切りにした冬瓜を全てボウルに入れると、塩を振って満遍なく混ぜる。この状態で置いておくと水が出てくるので、しばらく放置なのだ。

「じゃ、放置してる間に僕は梅干しを叩《たた》くから、カミールはボウルにマヨネーズ準備しておいてー」

「任せろー」

梅マヨを作るためにせっせと梅干しを叩く悠利。高レベルの料理技能を持っているのは伊達《だて》ではなく、トタタタという軽快な音で梅干しは刻まれていく。その間にカミールは、言われたように小振りのボウルにマヨネーズを入れていた。

梅干しを叩き終わると、悠利はマヨネーズの入った小さなボウルに刻んだ梅干しを投入する。そしてそれを丁寧に混ぜる。冬瓜と混ぜる前に梅干しとマヨネーズをしっかり混ぜて置く方が、綺麗に混ざるからだ。

「それじゃ、水分が出るまでの間、他のおかずの準備しようか」

「おー」

「……僕はとりあえず、梅干しを叩いたこのまな板を洗おうか、」

「キュピー？」

「ルーちゃん？」

結構大変なんだよなーというオーラを出していた悠利は、突然聞こえた愛らしい鳴き声に視線を食堂の入り口へと向けた。そこには、台所スペースと食堂スペースの境目から悠利を見ているルークスの姿がある。……調理中は邪魔をしてはいけないと思っているのか、呼ばれるまで入ってこない賢いスライムなのである。

「どうしたの、ルーちゃん。お掃除は終わったの？」

「キュイ、キュイー」

「え？」

悠利の問いかけに、ルークスはにゅるんと身体《からだ》の一部を伸ばして指差すような仕草をした。その先にあるのは、まな板だ。悠利がこれから洗おうと思っていた、梅干しを叩いたために赤色になっているまな板を、ルークスは示している。

理解するのは、悠利もカミールも同じ。ただ、行動に移したのはカミールの方が早かった。まな板を手に取ると、ルークスの下へとやってくる。そして、満面の笑みでまな板をルークスに向けて差し出した。

「手伝ってくれるってことだよな。ありがとうな、ルークス」

「キュピ！」

「……ルーちゃん、良い子……」

「キュピピー」

二人にお礼を言われて、ルークスはご機嫌でまな板を取り込んだ。そのまま、ごろごろと身体の中で動かして、汚れを吸収する。スライムは雑食なのだが、こんな風に汚れだけを取るのは賢くなければ無理だ。ルークスは賢いのである。

ルークスがまな板の洗浄を担当してくれるならと、悠利はカミールと調理に戻る。スープの野菜を切ったり、メインディッシュのお肉を切ったりという作業を二人で手分けしてこなす。カミールは要領が良く段取りも上手なので、作業はテキパキと進んだ。

そうこうしている内に冬瓜の塩もみが終わったので、二人は最後の仕上げに取りかかることにした。たっぷりと水が出ているので、ひとまず冬瓜をザルに入れる。そしてボウルの余分な水を全て捨てて、余計な水気を拭《ふ》き取ってから冬瓜を戻す。

「いらない水を全部捨てたら、ここに梅マヨを投入します」

「おー」

「入れたら混ぜる。以上！」

「全体がピンクになって面白いな」

「梅干しの色が出てるからねー」

叩いた梅干しを満遍なく混ぜたマヨネーズは、うっすらとピンク色だ。それが白っぽい冬瓜と混ざり合って、全体をピンクに染めている。ところどころ濃い色が見えるのは、叩いた梅干しが少し固まっているからだろう。それもまた目に楽しい。

全体にマヨネーズが絡むように混ぜたら、それで完成である。完成したらやることは一つ。味見だ。

「はい、味見どうぞー」

「ありがとうございますー」

ぱくんと二人は梅マヨで味を付けた冬瓜を食べる。塩もみした冬瓜はへにょりとしており、切っていたときのしっかりとした感じとは異なる。しかし、完全にくたくたというわけでもなく、多少は歯ごたえが残っている。柔らかいが、噛《か》めば仄《ほの》かにシャクっという食感があった。

味付けは梅マヨだけなので、全体を包むマヨネーズとアクセントとして顔を出す梅干しの味が口の中を満たす。梅干しの酸味はあるが全体的な味はマヨネーズなので、冬瓜の水分で中和されてほど良い塩梅《あんばい》に仕上がっている。

「思ったより酸っぱくないし、冬瓜の食感も楽しいな」

「サラダっぽく口直しになるかなって思うんだけど」

「美味《うま》いから大丈夫じゃないかな」

「それじゃ、他の料理も作っちゃおうね」

「おう」

味見で問題ないことが解《わか》ったので、二人は手分けして他のおかずの準備を続けることにするのだった。……なお、まな板の洗浄を終えたルークスは生ゴミ処理をしてくれています。賢い。


「冬瓜は、生でも食べられるんですね……」

「そうなんです。ただ、火を入れた方がトロッとした食感になって美味しいので、普段はどうしても加熱しちゃうんですよね」

「今日は生のまま調理した理由はなんですか？」

「カミールが生じゃ食べられないと思ってたので」

それだけです、と悠利はけろっと答えた。ふふふと上品に微笑《ほほえ》むティファーナは、食べ慣れない生の冬瓜《とうがん》の食感を楽しんでいるようだった。他の面々も、この梅マヨ和えが冬瓜だと聞いて驚いていた。

驚いてはいたのだが、まぁ悠利が出してくる料理が美味しくないわけがないよね、みたいな謎の信頼で全員乗り越えていた。今までの積み重ねである。

そんなわけで、冬瓜の梅マヨ和えは意外とすんなり受け入れられていた。梅マヨという味付けを皆が知っていたこともあるだろう。マヨネーズと梅干しが合うということを知っているので、今日はそういう趣向なんだな、ぐらいの反応なのかもしれない。

「マヨネーズのサラダというとしっかりした味付けのものが多いですが、梅干しが入ると雰囲気が変わりますね」

「さっぱりさせたいときに、梅干しはぴったりなんですよねー」

「ユーリは梅干しが好きですね」

「はい、好きです」

そこは本当だったので、悠利は素直に答えた。梅干しにも色々な種類があるが、悠利はどの梅干しも好きなのだ。田舎のお婆《ばあ》ちゃんが作るような塩っ辛い梅干しも、食べやすくマイルドに仕上げられたはちみつ梅干しも、塩分控えめの減塩梅干しも、かつお梅干しなどのアレンジ系も、全部全部好きである。

ちなみに、《真紅の山猫《スカーレット・リンクス》》で使っている梅干しは、アリーの実家から送られてくるものだ。梅農家さん直送の、壺《つぼ》入り梅干しである。果肉が柔らかく肉厚で、塩分は割としっかりあるタイプの酸っぱい梅干しだ。なので、こうやって調味料として使うと良い感じになるのだ。

梅干しが好きな悠利なので、冬瓜の梅マヨ和えもご機嫌で食べている。塩もみして柔らかくなった冬瓜の食感は、いつもごろりとした大きさに切っているのと違って短冊切りなのもあって、違いを楽しめて良い。柔らかいがしっかりと野菜を噛んでいる感触は残っているので、サラダ感があった。

冬瓜は水分が多く、塩分を加えると水が出てしまう。なので、梅マヨ和えも放っておくと水が出てくるのだが、それでもあらかじめ塩もみしていたのでまだマシだろう。また、その水分が梅干しの酸味を和らげてくれて、食べやすく仕上がっている。

きちんと塩もみした甲斐《かい》あって、梅マヨが冬瓜にきちんと馴染んでいるのも良いポイントだ。塩もみをしなければもっとシャクシャクとした食感を楽しめたかもしれないが、引き換えに味は馴染みにくいし、水分がどばどば出ていたことだろう。なので今回は塩もみした柔らかい冬瓜で正解である。

梅マヨは冬瓜の表面をコーティングしているだけだが、薄めの短冊切りに仕上げているのでどこを食べても味がする。冬瓜自体はそこまで濃い味はないので、どんな味付けにもマッチするのが良いところだ。時折梅干しの塊っぽいものを噛んでぶわりと味が広がるのもまた、楽しい。

この料理のミソは、冬瓜の持つ水分だろう。マヨネーズと梅干しの塩分のせいで外に出てくる水気が、味付けに使った梅マヨを緩めてマイルドに仕上げてくれている。梅干しの酸味も和らげられて、実に食べやすく仕上がっているのだ。良いバランスである。

「生の冬瓜も美味しいなー」

「生で食べられると思っていませんでしたから、不思議な気がしますけれどね」

「まぁ、大根と同じような使い方で大丈夫じゃないかなって僕は思うんです」

「なるほど……。確かに、言われてみれば大根と似ていますね」

悠利《ゆうり》の言葉に、ティファーナは上品に笑った。冬瓜と大根は違う野菜だが、大根で出来る料理は冬瓜でも違和感なく馴染《なじ》むパターンが多い。そういう意味で、冬瓜は大根と同じように使えば良いということだろう。

楽しそうな顔で食事をしているティファーナが何を考えているのか、悠利は何となく解った。きっと、大衆食堂《木漏れ日亭》の主《あるじ》であるダレイオスにその話をするのだろう。彼女は幼馴染《おさなじ》みの父親であるダレイオスとも家族ぐるみのお付き合いがあるのだ。

それというのも、冬瓜はちょうど夏がシーズンの野菜だからだ。名前に冬と入っているので誤解されそうだが、冬瓜の旬は夏である。夏に収穫して、適切に保存したら冬まで保《も》つ野菜、それが冬瓜である。名前に入るぐらいのインパクトだ。

悠利は採取ダンジョン収穫の箱庭で手に入る冬瓜を使っているが、お店にも並んでいるのだろう。旬の食材を上手に使うのは基本中の基本だ。栄養価のある食材を美味しく食べるのは大切なことである。

（でも、ダレイオスさんは生でも食べられるって知ってそうだけどなー）

もぐもぐと冬瓜の梅マヨ和《あ》えを食べながら、悠利はそんなことを思う。生で食べられるのを知っていて、その上でスープとかにぶち込んで使っているイメージがある。何せ、肉を求めて自分で魔物を狩りに行くような元冒険者の親父殿である。ちまちま切って使うより、ぶつ切りで鍋《なべ》にぶち込んでいると言われた方が納得出来る。

とはいえ、それはあくまでも悠利のイメージというか、勝手な感想である。実際ダレイオスが冬瓜をどう使っているのかは知らない。だから、余計な口は挟まない。ティファーナが家族のような面々との話の種にするというなら、それはお邪魔するべきではないのだ。

とりあえず、冬瓜の梅マヨ和えを上手に作れたし、仲間達も美味しいと言って食べてくれているので、それで良《い》いやと思う悠利だ。小難しいことを考えるのは得意ではないので。

なお、さっぱりして美味しいという理由で全員がぺろりと食べてくれたので、副菜のローテーションに入れておこうと思う悠利なのでした。定番料理が増えるのも楽しいものです。

エピローグ　鮭《さけ》の揚げ焼きポン酢

ワーキャットの里でお土産にいただいた大きな鮭。それは順調に消費され、皆の胃袋を満たしてくれていた。そして今日も、それを使って美味しい料理を作ろうと目論《もくろ》む悠利であった。

今までお土産として貰《もら》っていた鮭は、全て塩鮭だった。塩鮭は勿論《もちろん》美味しい。絶妙な塩加減に、肉厚で脂ののった鮭である。美味しくないわけがない。切って焼くだけで立派なおかずになるので、忙しいときにも大変お役立ちだ。

今回も塩鮭をいただいたが、何と、生鮭も同じようにお土産に含まれていたのだ。塩鮭と同じように三枚下ろしにされた大きな鮭の切り身。三枚下ろしなので切るだけで良いのが大変ありがたい。若様が笑顔で「これ、しおじゃないやつ」と教えてくれた生鮭を、今日の夕飯に使おうと考えているのだ。

なお、今まで手土産として持ってきていたのが全部塩鮭だったのは、「やいたらおいしいから」という若様なりの気遣いだったらしい。生鮭だと味付けをしたり下拵《したごしら》えが大変だろうから、すぐに食べられないだろう、ということだ。

……ちなみにその気遣いは、悠利への優しさではない。今すぐ一緒に食べたいという己の欲求を満たすには、塩鮭の方が手っ取り早いと思っただけである。フリーダムなお子様にゃんこは、その辺まったくブレない。

「あ、今日の夕飯は鮭にするんだ？」

「うん。お土産に貰ったやつなんだけど、これ生鮭なんだよね」

「え、塩鮭以外もあったんだ」

「そうみたい。だから、これで何か作ろうと思って」

にこっと笑った悠利に、ヤックも笑った。まじまじとまな板の上の生鮭を見て、確かに塩鮭と違うなーと呟《つぶや》いている。それで何を作るの？　と言いたげに見てくるヤックに、悠利は少し考えてから答えた。

「一口サイズに切って、揚げ焼きにしようかな」

「味は？」

「ポン酢でさっぱりと」

「……ポン酢なら、揚げ焼きでも食べやすいってこと？」

「うん。後、タレを作るよりも簡単だし」

「確かに」

調味料を一から混ぜ合わせてタレを作るよりは、既に作り置きしてあるポン酢をかける方が手早く出来るのは確かだった。一口サイズで作るのは、一人一切れではなく食べる量を調整しやすくするためである。

何せ、《真紅の山猫》の面々の食事量は千差万別だ。切り身を一人一つにするよりは、大皿にどーんと載せておいてそれぞれで調整して貰う方が断然簡単なのである。無理なく美味しく食べるのは大切だ。

なので、悠利とヤックは手分けして大きな生鮭を食べやすいサイズに切っていく。肉厚の生鮭だが、大きな骨は取り除いて開かれているので、切り分けるのも簡単だ。ざっくざっくと包丁を入れていく。

切り分けが終わったら次は、骨取り作業である。大きな骨はないとはいえ、小骨は残っている。鮭そのものが大きいので、小骨も大きめだ。これなら骨取り作業も簡単だろう。

「小骨があると食べるときに引っかかる可能性があるから、生の状態で骨を取ります」

「骨取りってどうやるの？」

「この骨取り用のピンセットで摘《つ》まんで抜くだけ。ただし、身を押さえてそろっとやらないと崩れちゃうから気を付けてね」

「解った」

はいどうぞと悠利から手渡されたピンセットを受け取って、ヤックは骨取り作業に入る。このピンセットは骨取り用で、先の部分がくの字形が二つ重なるようになっている。先が真っ直《す》ぐのピンセットよりも、ものを摘まんで引っ張りやすく出来ているのだ。

指の腹で切り分けた鮭の表面を触ってみると、所々ぽこぽこと何かが引っかかる。それが骨の頭なので、そこをピンセットで摘まんで引っ張れば良いだけだ。ただし、力を入れすぎると身まで一緒に引っ張られて崩れてしまう。身を押さえ、乱暴にせず丁寧に一本一本抜くという作業が大切なのだ。

ちなみにこの作業は、生の段階でやっておかなければならない。火を通した魚でやると、身がボロボロと崩れてしまうのだ。食べるときの苦労を少しでも減らすため、悠利とヤックはせっせと骨抜きを頑張った。

これは別に、今回だけに言えることではない。ムニエルなどの場合でも、同じように骨取りをしておくと食べやすくなる。ただし、魚によっては崩れやすいので、注意が必要になるが。どちらにせよ、一手間ではあるので、時間や人手に余裕がある場合にやる作業になるだろう。

悠利の場合は料理を作るのが仕事のメインというのもあって、他の用事は意外と融通が利く。掃除はルークスがほぼほぼやってくれているし、洗濯も大量にあるときは見習い組が手伝ってくれる。料理もこうやって料理当番の誰かと一緒にやるので、一人で全部頑張らなくて良いという環境なのだ。これはとても大事である。

まぁ、お料理大好きな悠利なので、今やっている鮭の骨取り作業も純粋に楽しんでいたりするが。こういうちまちました作業も好きなのである。

数はそれなりにあるのだが、二人がかりなのでそこまで時間はかからなかった。他愛ない雑談をしながらやる単純作業を、悠利もヤックも厭《いと》わないというのもある。のほほんと世間話をしながら、彼等は全ての鮭の骨取りを終えたのだった。

「骨取りおしまーい」

「ちょっと崩れたのもあるけど、割と上手に出来た！」

「流石《さすが》ヤック。ウルグスだと途中で飽きるか、力加減間違えてるやつだよ」

「カミールも途中で飽きそう」

「飽きそうだねぇ……」

豪腕の技能《スキル》持ちのウルグスは力持ちなのだが、その分細かい作業はちょっと苦手なところがある。身体を動かす方が性に合っているのか、じっと同じ作業をするのはあんまり得意ではない。カミールは何でも器用にこなすが、だからこそちょっと頑張れば何でもある程度出来るので、興味がないことになると飽きっぽいところがあった。

ちなみに二人の話題に出なかったマグはといえば、この手の作業を任せればきっちりしっかりやり遂げてくれそうという信頼感がある。手先が器用というよりは、職人気質なのだ。言われたことはきちんとやる、みたいなところがある。元来無口なので、一人で黙々と作業をするのも嫌いではないらしい。

同じ見習い組と言っても得手不得手は違うので、その辺もわいわい言い合うのが仲良しの彼等《かれら》らしい。誰かの苦手は誰かの得意なので、一人でやり遂げなければならないとき以外は力を合わせて頑張っている。そういう協力体制について生活しながら学ぶのも、《真紅の山猫》のお勉強の一つである。共同生活は意外と難しいのです。

「骨抜きは終わったけど、これをどうするの？」

「下味で軽く塩胡椒《こしょう》をして、小麦粉をまぶして揚げ焼きにします」

「オイラ油の準備してくるー」

「よろしくー」

ヤックがフライパンに油を入れて温めている間に、悠利は骨取りが終わった鮭に塩胡椒をする。あくまでも下味なので少量だ。

それが終われば、小麦粉を入れたボウルに一つずつ入れては転がし、小麦粉をまぶしていく。揚げ焼きにするときに形が崩れないようにするのが目的であり、べったりつけるわけではない。余分な小麦粉はちゃんと落としておく。

小麦粉をまぶした鮭を、準備が出来たフライパンへころころと転がす。一口サイズに切った鮭を、ひっくり返すときに困らぬぐらいの分量で入れれば、後はキツネ色になるまでしっかりと揚げ焼きにするだけだ。

熱した油は鮭が半分浸かるほどの量。焼く場合よりは多く、揚げる場合よりは少ない。そこへ鮭を入れると、じゅわー、ぱちぱち、と油の跳ねる音がした。何とも食欲をそそる、揚げ物の音である。

「いい音だねー」

「オイラ、この音聞くとお腹減《なか》っちゃうんだよなー」

「あははは。確かにねー」

「どれぐらい揚げるの？」

「キツネ色になったらってのが目安だけど、油に浸かってる部分の少し上まで火が通ったぐらいでひっくり返せば良いかな」

「解《わか》った」

悠利《ゆうり》の言葉に、ヤックはじぃっとフライパンの中を見つめている。ぱちぱち、じゅーじゅーと軽やかな音を立てて鮭が揚げ焼きにされている。香ばしい匂いが漂ってきて、思わずくぅとお腹が小さく鳴った。

照れたように笑うヤックに、悠利も笑った。お腹減っちゃうよねーと二人で笑う。調理する匂いというのは、どうにもこうにもお腹が減るのだ。

そうこうしている内に良い感じに火が通ってきたので、鮭をひっくり返す。一口サイズに切っているのでひっくり返すのは簡単だ。油に浸かる瞬間にばちばち、じゅわーっと音が鳴る。

その後はひっくり返した面にも火が通ったのを確認出来たら、全て引き上げる。揚げ焼きなので揚げ物よりはマシとはいえ油がついているので、それをしっかり切るように網を敷いたバットに並べる。

油が切れたのを確認すると、別のフライパンに入れてポン酢をかけ、軽く火にかける。じゅわっとポン酢が音を立てる。火を入れながら全体にポン酢を絡めれば、出来上がりだ。

その中から二つを取って、いざ味見である。味見用として少し小さく切ったものを用意していたので、それを食べるのだ。

「熱いから気を付けてね」

「うん」

揚げ焼きにしているので熱々の鮭を、二人はそーっと口へと運ぶ。表面にまぶした小麦粉が、キツネ色で実に美味しそうだ。ふーふーと息を吹きかけて冷ましてから囓《かじ》れば、表面はサクッとしている。けれど、歯を吸い込むような身の部分はほろほろ解《ほど》けて柔らかい。

下味の塩胡椒は少量だが、鮭の持つ旨味と脂がぎゅぎゅっと濃縮されているので問題はない。何より、味付けにとかけたポン酢が実にいい仕事をしている。小麦粉の衣に絡み、全体にしっとりと馴《な》染《じ》んだポン酢のしっかりとしながらさっぱりとした味わいが、鮭の旨味と絶妙の調和を見せていた。

「薄かったりしない？」

「オイラは美味しいと思う」

「それじゃあ、この感じで残りも頑張ろう」

「おー！」

もしも薄味だと感じた場合は、各々で何かかけてもらえば良いという結論を出して、悠利とヤックは残りの鮭も揚げ焼きにするのであった。大皿に山盛り用意するには、それなりの数が必要なので。

夕飯の時間、大皿にどーんと盛られた鮭の揚げ焼きに、皆がこれは何だとわいわい騒ぐ姿があった。悠利が、ワーキャットの里で貰ってきた生鮭を揚げ焼きにしてポン酢をかけたものだと説明すると、それはきっと美味しいに違いないと皆は喜んで食べ始めた。……そう、ワーキャットの里の鮭が美味しいことを、《真紅の山猫《スカーレット・リンクス》》の皆は知っているのである。

いつもは塩鮭《しおざけ》なので、何で生鮭なんだろう？　みたいな空気はあったが、大半は細かいことを気にせずに食べていた。一口サイズで作ってあるので、自分が欲しい分だけ食べることが出来るのが良いのだろう。食の細い面々も少しずつ食べている。

　表面はカリッと、中身はふんわりとした鮭の揚げ焼きは、たっぷりと脂がのった鮭なのもあって身が柔らかくほろほろと崩れる。口の中で鮭本来の旨味と、揚げ焼きにした香ばしさと、ポン酢のさっぱりとした味わいが広がるのだ。

　この、最後のポン酢のさっぱり感が重要だった。揚げ焼きは普通に焼くよりも油を多く使うので、揚げ物と似た感じに仕上がる。食の細い面々にとっては、胃もたれの原因にも繋《つな》がる。それをポン酢が解消してくれているのだ。

「これ美味《うま》いけど、生鮭なんてあったんだ？」

「あ、何か、若様が持って帰る分だから塩鮭以外もくれたってユーリが言ってた」

「リディが？　じゃあ何で毎回手土産は塩鮭だったんだ……？」

　もぐもぐと鮭の揚げ焼きを食べながらカミールが口にした質問に、ヤックが悠利からの伝聞を教える。塩鮭以外もあるらしいというのはそれで解ったが、では何で来る度に塩鮭だったんだろうという疑問は消えない。それに対する答えは、隣のテーブルの悠利から届いた。

「塩鮭だったら、焼いてすぐに食べられるからだって」

「……へ？」

「リディはねぇ、美味しいから持ってきて僕らと一緒に食べようと思ってたんだって。だから毎回、焼くだけの塩鮭にしてたたって」

「……どんだけ自由なんだよ、あの若様……」

「まぁ、リディだからねぇ……」

がっくりと肩を落とすカミールに、悠利はあははと笑った。もう笑うしかないのである。お土産を持っていこうという考えまではよくあることなのに、持っていってすぐに一緒に食べたいから塩鮭にしようという発想は珍しいだろう。いや、塩鮭は美味しいし、悠利達だって美味しく頂いたけれど。

あの小さなワーキャットの若様は、本当に文字通り自由だ。しかし、自由で我が儘《まま》いっぱいではあるものの、何となくどうしても憎めない。仲良くなりたい、一緒に楽しみたい、と全身で伝えてくるのが解るからだろう。だから悠利の説明を聞いても、皆、仕方ないなぁという顔になるだけなのだ。

「そういやこれ、丸ごと食ってるけど骨は？」

「大丈夫だよ、ウルグス。オイラ達頑張ったから」

「は？　頑張ったって何を？」

「骨抜き！」

ウルグスの質問に、ヤックは胸を張って答えた。物凄《ものすご》く胸を張っていた。頑張ったんだよ、と伝えてくるヤックに、目の前の鮭とヤックを見比べる見習い組の三人。

そして――。

「そうか、お疲れさん」

「おかげで楽に食えるな」

「感謝」

「何で全員オイラの頭撫《な》でるの!?」

よしよしとヤックの頭を撫でる三人の姿に、他のテーブルから微笑《ほほえ》ましそうな視線が向かう。子供じゃないよと訴えるヤックだが、手間のかかる作業を頑張ったと主張する姿が何だか弟っぽくて、自然と彼等の手はヤックの頭に伸びてしまったのだ。

何せ、普段はそういうときにあんまり反応しないマグまでも、よくやったと言いたげに参加しているのだ。大量の鮭の骨抜きは大変だっただろうと察してくれたらしい。

可愛《かわい》いじゃれ合いをしている見習い組とは裏腹に、仁義なき戦いをしているテーブルがあった。レレイ、ヘルミーネ、アロール、ミルレインの女子テーブルである。食べる量のバランスでこうなったのだが、残念なことにこのテーブルにはレレイを上手に制御出来る人物がいなかった。

「レレイ！　さっきから言ってるけど、取り過ぎなの……！」

「だって、熱いから冷まさないと食べられないし……！」

「それで何で大皿の半分以上を持っていこうとするのよ！　バカなの!?」

「あたし確かにバカだけど、ちゃんと残してるもん！」

「何で四人で一皿なのにその配分になるのよ！」

叫んでいるのはヘルミーネとレレイだった。普段から行動を共にすることも多いので、ヘルミーネはレレイ相手でも遠慮なくガンガン言う。しかし、レレイは彼女なりに考えて行動しているつもりなので、何故怒られているのか解っていない。

レレイの言い分は、猫舌の自分は食べるのが遅いから、皆が全部食べないように最初に多めに取っておく、ということなのだ。そしてヘルミーネの言い分は、その理由は解ったからもうちょっと控えめに取りなさいよ、である。どちらも正しい。

騒ぐ二人の傍《かたわ》らで、アロールは眉間《みけん》に皺《しわ》を寄せてこめかみを押さえていた。このバカ二人、とでも言いたげだ。この場合、レレイ相手に感情的になっているヘルミーネのことも含まれる。もうちょっと上手にあしらえないの、ということなのだろう。

年下枠であるミルレインは口を挟めず、どうしたもんかと言いたげな顔をしていた。そんなミルレインに合図を送って、アロールはレレイの大皿を自分の方へと移動させてもらった。

「アロール、何するんだ……？」

「まだ手を付けてないなら、僕らの皿に取り分ける。後、大皿はレレイから遠ざけておいて。食べ終えてからお代わりってことで」

「あ、うん」

ひょいひょいとレレイが取り過ぎた分を皆の小皿に移動させるアロール。静かに、淡々と作業をしているので、ヒートアップしているレレイとヘルミーネは気付いていなかった。微妙に手慣れてるなぁと思うミルレインであった。

そんなミルレインの視線に気付いたアロールは、静かに告げた。

「違う。僕が手慣れてるんじゃなくて、これはクーレの真似」

「クーレさんの？」

「そう。レレイには口で言ってもアレだから、こっちで明確に分量を決めて区切った方がマシなんだって」

「なるほど……。確かにレレイさん、決められた分量があったらそれには従うもんな」

「悪気はないからね。ここまでって言っておけば、意外と大人しく聞くんだよ」

問題は、彼女にそれを提示出来る誰かがいないとダメだ、という話なのだが。何で今日はこのテーブルにいないのかな、とアロールとミルレインは視線を悠利に向けた。悠利の隣では、クーレッシュが静かな食事を満喫していたので。

「……クーレ、アロールとミリーがこっち見てるよ」

「俺は今日は休暇だ」

「確かにクーレ今日は休みだけど、ご飯にも休暇ってあるの……？」

「あいつと一緒のテーブルだと、何だかんだで仕切らなきゃいけなくなって、落ち着かねぇんだよ。たまには静かに食いたい」

「お疲れ様」

大変だねぇ、と他人事《ひとごと》みたいなオーラを出している悠利。普段座席決めてるのお前だけどな、というクーレッシュの言葉は、聞かなかったフリをしておいた。なお、悠利は別にレレイの世話を焼いてくれという意味でクーレッシュと彼女を一緒にしているわけではない。全体のバランスで、食事量が良《い》い感じになるようにしているだけだ。濡《ぬ》れ衣《ぎぬ》である。

そんな彼等《かれら》の視線の先では、ヘルミーネとの口論を一時中断したレレイが、アロールに食べる分の説明をされて大人しく話を聞いていた。叫びすぎて疲れたらしいヘルミーネはぐったりしており、ミルレインが水を差し出している。お疲れ様である。

その後は、アロールの説明をちゃんと聞いたレレイが大人しくなり、普通に食事が再開された。レレイにだって、別に皆の分を食べ尽くすつもりはないのだ。ただちょっと、大皿にいっぱいあるなら貰《もら》っても良いかな、という気持ちになってしまうだけで。

「僕、思うんだけどさぁ」

「何だよ」

鮭の揚げ焼きを一口齧り、味を堪能《たんのう》して飲み込んでから悠利は言葉を続けた。

「レレイはこう、ご飯のときももうちょっと頭使うようにしなきゃダメなんじゃない？　トラブルの元っていうか」

「……あー、それか」

「え、何クーレ、その反応」

外で食べるとき大丈夫なの？　みたいな空気を出した悠利に、クーレッシュは乾いた笑いを零《こぼ》した。何でそんな反応をされるのか解らなかった悠利に、クーレッシュは大真面目な顔で言い放った。

「あいつな、よその人と飯食うときは、大人しいんだ」

「……え？」

「確かに大量に食うけど、あんな風にはならん」

「…………家で気を抜いてる的な？」

「的な」

「……そっかぁ」

外でちゃんと出来ているなら良いと思うべきか、だったらアジトでももうちょっと考えて食べてほしいと言うべきか。しばらく考えて、面倒くさくなったので悠利《ゆうり》もクーレッシュもそれ以上その話題に触れることはなかった。

美味しいご飯を食べているときに、面倒なことは考えたくないのは真理である。どちらからともなく美味しいと言いながら、鮭の揚げ焼きを食べる二人なのでした。

なお、鮭の揚げ焼きポン酢は美味しかったが、他の味でも美味しいのでは？　という意見が出たので、また違う味でチャレンジしようという話になりました。味付けで可能性は無限大です。

特別編　色んなお味でしゃぶしゃぶを堪能です

しゃぶしゃぶは、様々な可能性を秘めた料理である。少なくとも悠利《ゆうり》はそう思っていた。使う具材で変化を付けることも出来るが、何よりスープの味で千差万別の楽しみ方が出来る。昆布出汁《だし》のみのほぼお湯のようなスープに具材を潜《くぐ》らせ、ポン酢やごまだれのようなお好みの味付けで楽しむ方法もあるし、スープそのものに味を付けて楽しむ方法もある。自分好みの味を探すのも楽しいだろう。

だから、そういう感じで話題を振ったら、何故か思った以上に見習い組の面々が盛り上がったことに首を傾《かし》げているのだが。

「だから、やっぱり濃いめの味の方が絶対に良いって！　肉も具材もしっかり味が付いてる方が美味い！」

「そうとも限らないとオイラは思う。スープを飲んで美味しいって感じるぐらいの薄味でも、ちゃんと美味しいもん」

「確かにヤックの言い分も一理あるよな。それにウルグス、がっつり系ばっかじゃ皆が食べるの無理だろ」

「それはそうだけど、やっぱ味はちゃんとある方が良い！」

ぎゃーぎゃーと言い合っているのは、ウルグスとヤックとカミール。お肉大好き、がっつり濃い味付け大好きなウルグスは、しゃぶしゃぶのスープもその路線のものが美味しいと言い張っている。それに対して、ヤックが異論を口にし、カミールがその言い分を認めているという構図だ。別に喧《けん》嘩《か》にはなっていないので、悠利は三人を放置している。

どの味付けが美味しいか、どれが好みか、みたいな話題からこんな風になっている。迂《う》闊《かつ》に、「皆はどんな味が美味しいと思う？」なんて聞かなければ良かったと悠利は反省した。ちょっとした雑談のつもりだったのに。

その悠利の隣では、会話に加わらずにマグがお茶請けのクッキーをぽりぽりと食べていた。今日のクッキーはビスケットに近い固めの食感なので、囓《かじ》るように食べる姿が何とも微笑ましい。ちょっとリスに似ている。

ちなみに、マグがスープの味付け論争に首を突っ込んでいないのは、単純に「だってどの味付けでも出汁は入ってるんだろう？」というやつである。鍋《なべ》系料理は基本的に出汁をたっぷり使うのがお約束なので、マグとしてはどの味でも美味しい判定なのだろう。よって、どの味に決まったところで彼は異論など持たないのだ。ブレない。

いつまでたっても結論が出ないらしい三人のやりとりを聞いていた悠利は、うーんと少し考えてから、口を開いた。このままだと平行線だなと思ったので。

「それなら、色んな味のしゃぶしゃぶを食べ比べしたら良いんじゃない？」

「え？」

「何て？」

「ユーリ？」

「だから、一つの味付けに絞るんじゃなくて、鍋を幾つも用意して、皆で食べ比べして好きな味を探して貰《もら》えば良いんじゃないかなぁって」

ここで揉《も》めてても結論は出ないと思うよ？　とのほほんと告げた悠利に、三人はしばし動きを止めた。そして、示し合わせたように悠利に飛びついた。

「ユーリ、天才！」

「それマジ最高じゃん！」

「色々食えるの良いよな！」

「うわっ⁉」

突然三人に飛びつかれて、悠利は目を白黒させる。しかし感極まっている三人は気付いていなくて、そのまま楽しそうにわいわい騒いでいる。……なお、悠利の隣に座っていたマグは、三人が動く気配を察して素早く横に移動しているので、巻き込まれていなかった。回避力がとても高いマグである。

喜ぶ三人に、今日の夕飯はしゃぶしゃぶで決定だなーと思いながら、どんな味付けのスープを作ろうか考える悠利であった。


そして、夕飯の時間。複数の味付けの鍋を用意した悠利は、いつもとちょっと違う場所に鍋を置いた。いつもならば一つのテーブルに一つの鍋なのだが、今日は複数の味付けを楽しんで貰うために鍋だけをカウンター部分と手前のテーブルに集めたのだ。鍋の傍らには、勿論《もちろん》具材もちゃんと置かれている。

色取り取りの、違う味付けの鍋が複数並ぶ状況に、皆が首を傾げている。何でこの鍋はテーブルに置いていないのだろう？　と言いたげな一同に向けて、悠利は本日の趣旨を説明した。

「今日はしゃぶしゃぶなんですが、鍋の味付けを幾つも用意してあります。なので、ここで具材を鍋に潜らせた後、席に戻って食べるようにお願いします。各テーブルに鍋を置いてしまうと、色んな味を楽しめないので……」

説明を聞いた一同は、なるほどと納得した。そういうことならばと、お代わりの度に席を立つ状況を皆は受け入れてくれた。喧嘩しないで譲り合ってくださいねと付け加えるのを忘れない悠利に、元気な返事が響くのもいつもの光景だった。

ちなみに、悠利が用意したスープの味付けは、六種類だ。ちなみに、どの鍋にも具材兼旨味成分担当としてキノコがたっぷりと入っている。悠利の好みとしては豆腐も入れたかったのだが、皆が何度も鍋の中身を触ることになるので、今回は入れていない。豆腐は壊れやすいので。

一つ目の鍋は、昆布出汁のみのシンプルなもの。水炊きのイメージに近いだろうか。この鍋には味はほぼ付いていないので、食べるときにはポン酢やごまだれなどの好きなタレを付けて食べることになる。タレをどうするかであっさりにもがっつりにもなるので、そういう意味では優等生だろうか。

二つ目の鍋は、鶏《とり》ガラ醤油《しょうゆ》ベースだ。昆布出汁に鶏ガラの顆粒《かりゅう》出汁を入れ、醤油で味を調えている。鶏ガラが旨味をグッと追加してくれているので、シンプルな醤油味といえども奥行きは深い。優しい味わいでもあるので、肉でも野菜でも文句なしに食べられるだろう。

三つ目の鍋は、豚骨醤油ベース。鶏ガラ醤油に比べると幾分こってりしており、しっかりとした食べ応《ごた》えがある。本日しゃぶしゃぶで使う肉がオーク肉、つまりは豚肉系なので、そういう意味でも味の調和は取れるのかもしれない。

四つ目の鍋は、先日手に入れたオイスターソースを活用した中華風だ。生姜《しょうが》とニンニクも入っているので、スープの匂いだけで食欲を刺激する。ごま油も風味付けに使われており、悠利の心境としてはここにラーメンを入れたら最強だと思う、みたいな感じである。

五つ目の鍋は、和風豆乳ベース。時々作る和風豆乳スープを鍋にしただけである。豆乳のまろやかさと、醤油を使って仕上げた和風の味わいが何とも言えずに優しい。クリーミーだが決してこってりではないので、小食組も食べやすいだろう。

最後の六つ目の鍋は、鶏ガラ柚子《ゆず》塩風味である。昆布出汁と鶏ガラをベースに、そこに柚子の絞り汁と塩で味を調えている。柑橘《かんきつ》の爽《さわ》やかな香りが魅力的で、さっぱりとした仕上がりだ。しかし決して味が薄いわけではないので、食べて物足りないということはないだろう。そこに、薄切りのオーク肉を潜らせて火を通して食べるのだ。また、野菜も準備している。これは火が通りやすいようにと千切りにしてある。キャベツ、人参、水菜、大根などで、さっとスープに潜らせた後は肉で巻いて食べれば良い。

ついでに、以前オルテスタの別荘で披露したレタスしゃぶしゃぶが好評だったので、レタスも用意してある。食べやすい大きさに千切ったレタスがボウルにどーんと入っているのだが、レタスは火が入るとしなっとなるので、多分これもぺろりと平らげてくれるだろう。

また、各テーブルには温野菜や煮物も用意してある。つまりは、各自好きなものを食べてくださいスタイルである。皆も慣れたものなので、最初に説明を一通り聞いたら、しゃぶしゃぶを楽しんでいる。

「んー、オーク肉美味しいー」

シンプルに鶏ガラ醤油味のスープでオーク肉を堪能している悠利は、幸せそうな顔をしていた。しっかりとスープに潜らせて火を通したオーク肉は柔らかく、スープの旨味をほんのり吸い込んでいるのがまた良い。一緒に火を通した千切りのキャベツと人参も、スープが絡んでしんなりしている。それを肉で巻いて一緒に食べるのが、また、最高なのである。

おそらくは、肉だけを食べても、野菜だけを食べてもこの美味しさは味わえないだろう。肉の濃厚な旨味と、野菜の優しい甘さが同時に口の中に広がるからこその、何とも言えない美味しさなのだ。キャベツは甘さの奥に歯ごたえを残し、人参はしんなりしながらも根菜らしい味の深みを感じさせる。

単純に火を通した野菜というのではなく、千切り野菜というのがポイントだ。他の切り方をしたときとは違う、肉と一緒に食べやすいという素晴らしい利点がある。こうすることで肉も野菜もちゃんと食べられるので、良いことずくめだ。

鶏ガラ醤油味ということで、食べ慣れた安心する味と悠利は感じている。昆布出汁と鶏ガラの旨味を醤油が包み込み、そこにキノコからも出汁がたっぷりと溶け出している。その美味しいスープをオーク肉と野菜で堪能するのだから、美味しくないわけがないのだ。

「確かに美味いが、何でまた鍋の味付けを何種類も用意したんだ？」

「見習い組の中でどれが美味しいかの結論がまったく出なかったので、食べ比べしようって話になって……」

「またか……」

「まぁ、美味しいと思う味付けって個人差があるので……」

はぁとため息をつくアリーに、悠利はあははと笑った。ちなみにこの場合の「またか」は、見習い組がどの味が良いかの論争を繰り広げたことではなく、悠利がそのネタを提供したであろうことに対してである。解《わか》っているので悠利も笑って誤魔化すしかないのだが。

ただの雑談から、今日のような論争に発展することはよくある。悠利は何だかんだで料理が大好きで、作るのも食べるのも、新しい味付けを考えるのも好きだ。そのため、うっかりあらゆる可能性について口にしてしまい、皆が食いつくのもよくあることなのである。《真紅の山猫《スカーレット・リンクス》》は今日も仲良しです。

やれやれと言いたげな態度であるが、アリーもそれ以上は何も言わなかった。結果として美味しいご飯にありつけているし、仲間達は喜んでいるからだ。これで今も仁義なきどの味が美味しいか論争が続いてたら、小言の一つや二つや三つや四つ、或《あ》るいはお説教の拳骨《げんこつ》が出ていたかもしれないが。

「そういえば、アリーさんは何味を食べてるんですか？」

「あ？　これは確か、お前が中華風とか言ってたやつだな」

「中華風も美味しいんですよねー。生姜とニンニクのパンチが利いてて」

「そうだな。ごま油も風味付けとして美味《うま》い」

「です」

アリーの同意を得られたので、悠利は満面の笑みを浮かべた。鶏ガラ醬油味に比べて、中華風は味がしっかりしているイメージだ。スープは殆《ほとん》ど持ってきていないのに、ふわりとごま油の香りが漂っている。この匂いが美味しそうって気持ちを倍増させるんだよねーと悠利は思った。

そんな悠利の隣で、アリーはばくりとオーク肉を口へと運ぶ。たっぷりの大根を包んだオーク肉は、一口で口の中だ。もぐもぐと咀嚼《そしやく》する口の動きに辛そうなところは見られず、体格の良い大人の口の大きさを感じさせる。

人参と共にスライサーを使って千切りにされた大根は、薄く削られたように細く、火を通せばしんなりとしている。そのためオーク肉の内側でぎゅぎゅっとまとまり、噛《か》んだ瞬間にその旨味がじゅわりと水分と一緒に口の中に広がった。多めに包まれているので、ざくりとした歯ごたえのようなものも感じられるのがまた良い。

生姜とニンニクがアクセントに使われている中華風のスープは、仕上げに風味付けとしてごま油が入っていることもあって、その旨味が口の中で存在を主張する。けれど決して肉や野菜の味を押し潰《つぶ》すわけでもなく、全ての旨味をオイスターソースが包み込んで調和させていた。

「……このスープ、何か味が醤油じゃない感じだが」

「あ、味付けはオイスターソースを使ってます。この間ハローズさんから買いました」

「また知らん調味料を手に入れたのか、お前は……」

「これで作れる料理が増えます」

「……良かったな」

悠利《ゆうり》が物凄《ものすご》く嬉《うれ》しそうに笑うので、アリーはそれ以上何も言わなかった。どんなお宝を与えるよりも、食材や調味料を与える方が喜ぶ悠利である。本人が楽しそうなら良《い》いかと思うアリーであった。

そんな二人の会話を、ブルックは静かな表情で見ていた。いつも通りだなと思いつつ、ブルックもしゃぶしゃぶを堪能《たんのう》していた。彼が食べているのは和風豆乳スープのものである。出汁《だし》と醤油を使って豆乳を伸ばした和風の味付けのスープそのものは何度か作ったことがあるので、皆も食べ慣れている。ただ、いつものスープに肉は入っていないので、オーク肉がどのように仕上がるのか解らなかっただけだ。結論から言えば、まろやかな豆乳スープに肉の旨味が溶け込んで良い仕上がりである。

さっとスープに潜《くぐ》らせただけの水菜をオーク肉で巻いて、口へと運ぶ。しんなりする一歩手前で引き上げているので、水菜のシャキシャキとした食感が口を楽しませる。オーク肉の旨味を水菜が引き締めて、豆乳スープの優しい味わいが全てを包み込んでいる。

豆乳だけならばくどくなるかもしれないが、そこは和風に仕上げてあるので幾分あっさりとした味わいになっている。キノコの旨味もスープにたっぷりと溶け出し、肉と野菜にしっかり絡んで美味しい。

それは他の味付けの鍋《なべ》も同じだ。それぞれのテーブルで、皆が思い思いに好きなスープでしゃぶしゃぶを楽しんでいる。いつもと違って千切りの野菜というのも真新しくて面白いのだろう。肉も野菜も順調に消費されていた。

「どの味も美味しいねー！」

「美味いのは解ったけど、お前一度に取り過ぎじゃね……？」

「えー、だって、何回も行くの面倒だったんだもん」

「お前らしいわ」

満面の笑みでもりもりと食べているレレイに、クーレッシュは思わずツッコミを入れる。彼が口を挟まずにいられないほどに、レレイの器は肉も野菜もてんこ盛りだった。器は食べやすいようにと余裕を持って大きめのものが用意されているのだが、それにたっぷり入っている。

確かに、目の前に鍋があるのではなく別の場所に置いてあるので、お代わりするには一々鍋の下へ移動しなければならない。しかし、だからといってここまで詰めこむ必要があるか……？　とクーレッシュは思ったのだ。

とはいえ、相手は大食漢のレレイ。クーレッシュよりも食べる量が多いので、何度もお代わりに立つのが面倒くさいという主張は一応理解出来なくもない。まぁ、誰かに迷惑をかけているわけではないので、問題ない。

「で、今は何味食べてんだ？」

「えーっとね、豚骨醤油？　とかいうやつー。味がしっかりしてる感じー」

「あぁ、豚骨醤油か。オーク肉と相性良さそうだよな」

あーんと大口を開けてオーク肉を頬張《ほおば》るレレイ。勿論、野菜も全種類たっぷりと巻いて、だ。女子が食べるにはかなり大きな肉巻きになっているが、レレイは気にしない。大きく開けた口に肉を運び、がぶっと齧《かじ》る。半分ほどを口の中に入れて、しっかりと噛んでいる。

豚骨醤油ベースの味付けは醤油に豚骨の濃厚さが加わって、肉食のレレイも満足の味付けだ。スープの味付けは濃厚だが、オーク肉はそれに負けるどころか調和しているし、野菜は控えめながらも存在を主張している。

オーク肉は勿論美味しいが、やはり野菜と一緒に食べることで美味しさがパワーアップしているように思える。レレイは確かにお肉大好きだが、基本的に何でも美味しく食べる。なので、一緒に食べられるならと野菜もてんこ盛りで食べているのだ。

「レレイの食べっぷりって、見てるとこっちまでお腹《なか》いっぱいになりそうなのよねー」

「ふえ？」

「っていうか、どうしたらその量がお腹に入るのか解らないわ……」

「それは同感」

「わたくしも、それは同意します」

ヘルミーネの言葉に首を傾《かし》げるのは、レレイだけだった。クーレッシュもイレイシアも深く深く頷《うなず》いていた。彼等《かれら》がそう思うのは、レレイが決して大柄でも太ってもいないからだ。身長も体重も平均的な女性という外見なので、その山盛りの料理が何で全部お腹に消えるんだ……？　みたいになるのである。

まぁ、半分猫獣人という体質もあるのだろう。仲間達もその辺は解っているので、よくお腹壊さないね、みたいなノリである。

「んー、昆布出汁だと薄味過ぎて物足りないかなーって思ってたけど、ポン酢で食べるととっても美味しい」

「ヘルミーネさんはそちらを食べていらっしゃるんですね」

「うん。ポン酢だとオーク肉もさっぱりするしね」

「それは確かにそうですわね」

小食組であるヘルミーネは、お肉よりも野菜多めで食べている。昆布出汁で火を通した肉と野菜に、柑橘の旨味がぎゅぎゅっと濃縮されたポン酢をかけて味わうしゃぶしゃぶも、それはそれで大変美味しいものである。ポン酢はそもそも肉の脂をさっぱりさせてくれるようで、日頃から小食組の救世主なのだ。

それに、しゃぶしゃぶは鍋に潜らせて火を通す過程で、脂が落ちているように感じる。その落ちた脂はスープに溶け込んで旨味となり、肉の方は余分な脂が落ちて食べやすくなっている。実にありがたい話である。

なお、ごまだれで食べれば濃厚な味付けを堪能出来るので、昆布出汁だけの鍋は意外と万能である。お好みのたれでどうぞというスタイルが出来るので、食べる人を選ばない。

「そういうイレイスは、何食べてるの？」

「わたくしは、鶏《とり》ガラ柚子《ゆず》塩風味のものですわ。レタスがとても美味しいんですの」

柔らかく微笑《ほほえ》んで、イレイシアはヘルミーネの質問に答えた。火が通ってしんなりとしたレタスを箸《はし》で摘《つ》まんで持ち上げて、嬉しそうだ。シャキシャキとした食感を残したレタスは生で食べるのとはまた違った味わいがあり、スープの旨味と絡んで何とも言えない。

鶏ガラと塩でシンプルに味付けられたスープだが、むしろこのスープの味の決め手は柚子だ。柑《かん》橘《きつ》の爽《さわ》やかな香りと、すっきりとした味わい、そして優しい酸味がスープに溶け込んで口の中を楽しませてくれる。塩と柑橘の取り合わせはさっぱりとしており、小食のイレイシアにも食べやすいのだろう。

そんなイレイシアの手にした器には、野菜がたっぷり入っていた。スープの具材として煮込まれているキノコもきちんと入っている。しかし、しゃぶしゃぶという本日の料理のメインディッシュのはずの肉が、見当たらない。

「……え、お肉は？」

「…………少しはいただきましたわ」

「……そっか」

「はい」

思わず問いかけたヘルミーネに、イレイシアはすっと視線を逸《そ》らした。元々小食の彼女は、肉はそれほど食べない。それでもまったく食べないのはよくないので、一応少しは食べたらしい。自己申告であるが。

千切りの野菜もオーク肉も食べた。その上で、彼女はレタスを気に入ったのだ。ほんのり火が通ったレタスの柔らかくもシャキシャキとした食感が、彼女を虜《とりこ》にしたのかもしれない。

「まぁ、食べたいもんを食べれば良いだろ。今日はそういう感じみたいだし」

「クーレもお肉いっぱい食べてるもんねー」

「俺は別にそこまでアホみたいに肉だけ食ってるわけじゃねぇよ。野菜も食ってる」

「あたしだって野菜も食べてるよ。野菜美味しいよね！」

「お前は何でも美味しいんだろ」

軽口を叩《たた》きながら食事をするクーレッシュとレレイ。今日は特に取り合いになるようなものもないので、実に平和な会話であった。ヘルミーネとイレイシアも会話に加わって、賑《にぎ》やかながらも穏やかな食卓である。

いつもなら騒々しいテーブルが幾つか出来るのだが、今日は比較的どこもかしこも落ち着いた雰囲気だった。やはり、テーブルの上の大皿料理で争奪戦が勃発《ぼっぱつ》するような場合とは趣が違うのだろう。肉も野菜も大量に用意されているのも理由かもしれないが。

何せ、悠利と見習い組の四人は頑張ったのだ。皆が満足するまで食べられるようにと、肉の準備も野菜の準備も頑張った。レタスは千切れば良いだけ、水菜も根っこを落として切れば良いだけだが、キャベツと人参と大根は頑張った。キャベツの千切りは包丁で、人参と大根は文明の利器スライサーを活用した。それでも人海戦術で頑張らねばならなかったのだ。

それというのも、野菜は火を通すとかさが減る。それが解《わか》っている以上、見た目よりも沢山用意するべきだという判断であった。その判断は功を奏し、今、仲間達は誰かに遠慮することなく、気兼ねなくしゃぶしゃぶを楽しんでいる。

「よく考えたらこれ、色んな味があるから無限に食べられるやつじゃないかしらぁ？」

「無限にではないと思うけどどな」

「まぁ、幾つも味があるから気分転換しながら食べられるのは事実だと思うよ」

しみじみと呟《つぶや》くマリアの言葉に、ラジとアロールがそれぞれの感想を述べる。優美で妖艶《ようえん》な所作でありながら、もりもりとしゃぶしゃぶを食べるマリアの口から無限と出ると、確かに出来そうな気もするが。

そんな彼女は、お代わりの度に違う味付けのスープを堪能しているようだ。今は中華風の濃厚な旨味を堪能している。肉も美味しいが、レタスの食感も楽しんでいるらしい。器には肉とレタスがたっぷりと入っていた。

レタスは面積が大きいので、スープに風味付けとして追加されているごま油が全体に膜を張るようになっている。そのおかげで、ほんのり残ったシャクシャクとした食感にごま油の風味がアクセントとなっている。

ラジは豚骨醤油《しょうゆ》ベースの味付けでオーク肉を堪能していた。勿論《もちろん》野菜も食べているが、野菜よりもキノコを肉に巻いて、弾力のある食感を楽しんでいる。スープで煮込まれて味を吸い込み、またスープに旨味を溶かし込んでいるキノコは今日の料理の立て役者だ。やはりキノコが入るだけで味がぐっと深くなる。

マリアもラジも大食漢に分類されるが、レレイのように周囲が呆《あき》れるほどに器に具材を盛っていたりはしなかった。彼等は適宜お代わりに立ち上がり、次はどの味付けにしようかと考えながらゆったりと食べている。同じ大食いでも系統が違うのである。

十歳児のアロールと、十二歳だが外見は八歳ぐらいのロイリスの二人は、自分達のペースでゆっくりと食べている。彼等が好むのは肉よりも野菜なので、必然的に千切りの野菜やスープの中のキノコ、そして少し毛色を変えたレタスを堪能している。こちらも、お代わりの度に違う味付けを食べてみて、一応全種類は制覇している。

「色んな味があるのは楽しいですね」

「そうだね。……どうせまた、見習い組が騒いだ結果だろうけど」

「そのおかげで僕達は美味しいご飯を食べられるんですから、良いと思いますよ」

「まぁね」

やれやれと言いたげなアロールに、ロイリスは穏やかに微笑んだ。外見は幼いが、ハーフリング族の平均寿命は人間よりも短い。そのため、彼等の内面の成熟は人間よりも早い。なので、幼い子供に見えてロイリスはしっかりと自立している。

だからこそロイリスが相手の場合は、アロールも落ち着いて会話が出来るというものだ。大人に囲まれて育った彼女は、同年代とのわちゃわちゃしたやりとりより、理路整然と会話の出来る大人相手の方が過ごしやすいと感じるところがある。……まぁ、端から見ていると同世代の微笑ましい光景に見えるのだが。

小柄な二人が仲良く会話をしながら食事をする姿は微笑ましい。年長者から見るとそうなるのだ。勿論、それを口にしてアロールの機嫌を損ねるようなことをする者はいない。

今一人の同席者であるミルレインは、黙々と食事を続けていた。肉も野菜も余すところなくきっちりと食べている。彼女は普段から使ったエネルギー分はきっちり食べるタイプなのでそれは別に珍しくはないが、今日は随分と真剣に食べているように見えた。

「ミリー、今日は随分としっかり食べてる感じだが、何かあったのか？」

「そうねぇ。貴方《あなた》は確かにいつもちゃんと食べるけど、今日は最初からずーっと食べっぱなしじゃないかしらぁ？」

年長者二人に問いかけられて、そこでミルレインはやっと視線をそちらへ向けた。口の中に入っていた食べ物をごくんと飲み込んで、真面目な顔で答える。

「今日は、結構本気で鋼を打ったんで食べないと明日無理だなって思って」

「……あー、なるほど。お疲れ様」

「それは食べなきゃダメねぇ。ほらほら、ライスも食べなさいな。肉だけじゃ体力は回復しないわよぉ」

「はい」

ミルレインは鍛冶士《かじ》見習いで、そんな彼らの修業は過酷である。長時間火の前に座って、根気よく鋼を打つ必要がある。勿論他の作業をする日もあるが、今日は一番体力を使う鋼を打つ修業の日だったので、回復のためにミルレインはしっかり食べる必要があるのだ。よく食べてよく寝る、それが回復の基本である。

そして、肉体を酷使して戦う前衛の二人は、その感覚を容易《たやす》く理解出来た。しっかり食べなさい、みたいなモードである。あんまり身体《からだ》を使うことのないアロールとロイリスには解らない世界だった。訓練生も様々なのである。

「今日の夕飯がこれで助かってます。何も考えずに肉も野菜も食べられるんで」

「確かに、火が入って肉も柔らかいし、大量に食べやすいな」

「中華風とか豚骨醤油とかだったら、ライスと一緒に食べても美味しいわよぉ」

「次はそれ試してみます」

ご飯も一緒に美味しく食べられる方向に盛り上がる三人に、アロールとロイリスは元気だなぁと思いながら食事を続けている。小食組の彼等としては、何度もお代わりに行くとか、おかずもご飯も大量に食べるとかは、遠い世界の出来事なのだ。自分の腹具合と相談するのは大切なので、彼等はそれで良いのだが。

それはそれとして、しっかり食べる大切さはアロールとロイリスも解っている。小食だからこそ、バランス良く色んなものを食べようという気持ちはあるのだ。特にアロールはここから育っていくのだから、きちんと食べるのは大事だ。無理せず、美味しいと感じられる範囲で頑張って食べている二人であった。

子供組がいるので大人組が世話を焼くような構図になっているこのテーブルとは異なり、大人ばかりが集まっているので静かに食事が進んでいるテーブルがある。フラウ、ティファーナ、リヒト、ヤクモの落ち着いた大人の皆さんだけが揃《そろ》っているテーブルである。

別段、他の面々が落ち着いていないわけではないのだが、世の中には相性というものが存在する。個々人では落ち着いているのに、組み合わせたら何か騒動になるパターンはどこにでも存在するのだ。そういう意味では、このテーブルは問題が発生するわけもないメンツと言えた。

「あらフラウ、今度は昆布出汁《だし》のものにしたんですか？」

「あぁ。ポン酢で食べるのも美味しそうだと思って」

「貴方ならごまだれの方かと思っていたんですけど」

「それはお代わりで食べる」

ティファーナの言葉に、フラウはきっぱりと答えた。どちらかというと身体を動かす方に分類されるフラウは、健啖家《けんたんか》である。目を引くほどの大食いではないが、お代わりを繰り返す程度何でもないのだろう。楽しそうに食事をしている。

対してティファーナは成人女性の一般的な食事量なので、お代わりはほどほどだ。好んで食べる味付けも、あっさりとしたものが多い。本日は鶏ガラ柚子塩風味がお気に入りで、一通り全《すべ》て食べてからはそればかりを食べている。

やはり、オーク肉の脂がさっぱりするのが良いのだろう。野菜やキノコを巻いて食べる今日の食事方法は、肉が控えめでもお腹《なか》いっぱいになるので彼女には丁度良いのだ。また、自分で食べる量を調節出来るのがありがたいとも言える。

「ヤクモはさっきから和風豆乳スープのやつばかりだな」

「他の味付けも美味だが、我にはこの優しい味わいが好ましいのだ」

「やっぱり、故郷の味付けに似ているからか？」

「似ているようで似ていない不可思議さが魅力かもしれぬ」

「なるほど」

リヒトの問いかけに、ヤクモはゆるりと口元に笑みを浮かべて答えた。遠い遠い国の出身であるヤクモの故郷は、日本に似た食文化を持っている。なので、和風と悠利《ゆうり》が呼ぶ味付けは彼には好ましいものが多い。だから自然と、いつもそういった系統を選ぶことになる。

ただ、この和風豆乳スープに関しては、知っているのに知らない感じがするという不思議な料理だった。故郷で豆乳を飲むことはあったが、こんな風にスープ仕立てにすることはなかった。そもそも、豆乳は豆腐に加工されているのが一般的だったのだ。その未知の味わいが、ヤクモを引きつけてやまないのかもしれない。

大豆の風味が引き立つ豆乳の味わいを楽しみながら、肉と野菜を堪能《たんのう》する。少しとろみのある豆乳スープがオーク肉やレタスに絡んで、口の中で優しいハーモニーを奏でるのが何とも言えないのだ。

「それにしても、いつも思いますけど、ユーリの発想には驚かされますね」

「まったくだ。同じ料理でここまで味付けを変えるとは思わなかったな」

「しかもそれを普通の顔でやるところがユーリらしいな」

「まさにその通り」

穏やかに会話を交わす四人は、笑い合ってから視線を悠利へと向けた。彼等の視線の先で悠利は、にこにこ笑顔で美味しそうに食事をしていた。自分が食べるのが楽しいというのと、皆が美味しそうに食べてくれて嬉《うれ》しいというのが表情から伝わってくる。いつも通りの悠利の姿だ。

当人は当たり前の顔で、普通のことのようにやっているけれど、毎日美味しいご飯を作ってくれるというのは凄《すご》いことだ。それも、これだけ千差万別な仲間達を相手に、である。

勿論、全員が常に出された料理を大好物だと思うことなどない。それでも、食べてみて美味しいな、と思える料理が食卓に並ぶのだ。豪華な料理ではない。ごく普通に家庭で食べられる料理ばかりだが、それで飽きさせないのだから大したものであろう。

ただ、当人はそれが凄いことだと思っていないし、何なら旬の食材を発見して「美味しそうなので使ってみました！」みたいなノリだったりする。好きこそものの上手なれとは言うが、悠利の料理への情熱は彼等にそういう感想を抱かせるものだった。

美味しいものが好きで、美味しいものを作るのが楽しくて、周りの皆が美味しいと言って食べてくれることが嬉しい。悠利の原動力はそれである。小難しいことはどこにもない。勿論、栄養や食べやすさに気を配ってはいるが、その道のプロというわけでもないので幾分緩い。美味しいご飯の方が嬉しいよね、ぐらいのノリだ。

「そういえば、今日はマグが静かだな」

リヒトがぽつりと呟いた言葉に、同席者三人は動きを止めた。言われてみれば確かにそうだった。出汁に反応する出汁の信者とも言うべきマグが、今日は随分と大人しい。いつもならば、一人で色々と抱え込もうとして他の見習い組と騒いでいるはずなのだが。

各々食事をしながら見習い組のテーブルへと視線を向ける四人。そこにあったのは、大きな器にたっぷりのお代わりを入れて、ご満悦で食事をしているマグだった。周りと揉《も》めている気配はどこにもなかった。

「……美味しそうに食べているが、騒ぐ気配はないな」

「ありませんね。いつもなら何かしらの騒動になっていると思いますけれど」

「まぁ、静かならそれに越したことはないんじゃないか？　私達も静かに食事が出来るし」

「それはそうだな」

「藪《やぶ》を突《つつ》いて蛇を出すこともあるまいよ」

静かにヤクモが告げた言葉に、三人はこくりと頷《うなず》いた。マグが大人しいのならば、そのまま放っておくのが吉だ。せっかくの美味しいご飯である。美味しく楽しく、静かに平和に食べられるに越したことはない。

それはマグと同席している見習い組の三人も同じ気持ちだった。いつもなら出汁に食いついて暴走するマグと戦うことになるが、今日はとても平和である。余計なことは言わないでおこうと彼等は美味しくご飯を食べていた。

「オイラ、野菜はキャベツが一番好きかも」

「何で？」

「ほんのり甘いし、食感も好きかなーって」

「なるほど。俺は野菜ならレタスかな」

「レタスも美味しい！」

「だよなー」

微笑《ほほえ》ましい会話をしているのは、ヤックとカミールだった。勿論《もちろん》お肉も美味しいが、今日は野菜も鍋《なべ》パワーでとても美味しい気がするのだ。普段のご飯だって美味しいとは思うのだが、何故か今日は野菜がとても美味しいと感じてしまう。

それは恐らく、お代わりの度に自分で鍋に潜《くぐ》らせて最後の仕上げをして食べているからだろう。ようは、常に「出来たての料理」を食べている気分なのだ。そこに、「自分が作った」みたいな雰囲気も合わさっているので、余計に美味しく感じるに違いない。

寝かせて味を熟成させるような料理でない限り、温かい料理は熱々出来たてが美味しいものだ。常に鍋が沸騰一歩手前で温められているので、より出来たて感があるのかもしれない。

「ウルグスは？」

「あ？」

「野菜だよ。どれが一番気に入ったかって話」

「んー、いや、俺はどれも全部美味《うま》いとしか思わなかった」

カミールの問いかけに、ウルグスは身も蓋《ふた》もない答えを告げた。とはいえ、美味しくないとは言っていない。どれも同じくらいに美味しくて、飛び抜けて美味しいと感じたものがなかっただけだ。そういう結論もあるか、とカミールとヤックはふむふむと頷く。

そして、チラリと視線をマグへと向けた。黙々と、そりゃもう黙々と食事を続けているマグは、彼等《かれら》の会話に興味を示していない。そんなもんどうでも良《い》いという感じだろうか。目の前の美味しいご飯を堪能することこそが、彼の最優先事項になっている。

マグは出汁が大好きだ。何故そこまで出汁に食いついているのかは誰にも解《わか》らないが、出汁が大好きで、特に昆布出汁などの和風系の出汁が好きだった。それらが入った料理に凄い勢いで食いつく程度には。

そんなマグなので今日は昆布出汁の鍋ばかりを食べているかと思いきや、意外と全ての鍋を満遍なく食べている。勿論これには理由がある。どの鍋にも昆布出汁が入っているからだ。

出汁が入っているならば、その全ては我が好物！　みたいなノリのマグは、様々な味付けを楽しんでいるようだった。小さな身体のどこにそんなに入るんだと思える量を、適宜お代わりしながらもりもりと食べている。表情こそあまり変わらないが、空気は明らかに弾んでいた。

「なぁマグ、マグはどの野菜が気に入ったんだ？」

「……？」

「ヤックはキャベツ、俺はレタス、ウルグスは全部美味いって言ってるんだけど、マグは？」

「……」

カミールの問いかけに、マグは首を傾《かし》げた。傾げて、少し考え込む。何を食べても美味しいと思って食べていたので、どの野菜が美味しいとかは考えていなかったらしい。

とはいえ、質問を無視するのではなく考えてくれているので、答えるつもりはあるのだろう。……そこまで考えて、最近は大分付き合いがよくなったなぁと三人は思った。悠利が来る前のマグであれば、この手の会話は途中で面倒くさがって無視していたので。

そんな三人の感動などどこ吹く風で、マグはしばらく考えてから口を開いた。

「水菜」

「お、水菜派か。どの辺が良かったんだ？」

「……違い」

「……は？」

質問されたので答えたぞ、というスタンスのマグは、困惑しているカミールを無視して食事に戻った。小さな口でぱくぱくと食べる姿は微笑ましいが、何を言われたのかよく解らなかったカミールは放置されたままだ。

マグに聞いてもこれ以上の答えは出ないと知っているカミールは、ウルグスを見た。カミールと同じく意味が解らなかったヤックもウルグスを見た。そんな二人の視線を受けて、ウルグスはため息をついてから口を開いた。今日も通訳ご苦労様です。

「他の野菜と違って、水菜は葉っぱの部分と茎の部分があるだろう？　その食感の違いが楽しめるのが良いんだとよ」

「あの一言にその意味が込められてるのとか解るわけない……」

「確かにそうかもしれないけど、せめてもうちょっと詳しく喋《しゃべ》ってほしいや、オイラ……」

「だとよ、マグ」

がっくりと肩を落とすカミールとヤック。二人の意見を聞いて言葉を投げかけてくるウルグス。マグはチラリと一瞬だけそちらに視線を向けて、……そして、面倒くさそうに再び器に視線を戻した。もぐもぐと食事を続ける。

いつも通りの、他人にどう思われようと知ったこっちゃないと言いたげな態度のマグ。三人はそれに怒ることもなく、マグだもんなぁ……みたいな反応になっていた。ウルグスがいないときは多少解りやすく喋ってくれることもあるが、隣にウルグスがいると面倒くさがってこんな感じだ。困ったものである。

とはいえ、特に騒動になるわけでもなく、彼等も食事を続けていた。いつもなら、騒ぎすぎてアリーから雷が落ちるが、今日はそれがない。……と、いうことは、バカな子供達にお説教する手間がいらないので、アリーも静かに食事が出来ているということである。

「良かったな、今日は静かな食事だぞ」

「……それはありがたいが、あからさまにからかう視線を向けるな」

「別にからかってなんかいないが？　お父さんは大変だなと思っただけだ」

「お父さん言うな……ッ！」

じろりとアリーに睨《にら》まれても、ブルックは平然としている。付き合いの長さは伊達《だて》ではなく、そもそも戦闘能力にどう足掻《あが》いても勝てない圧倒的な差が存在する二人である。ブルックがアリーを恐れる理由などどこにもなかった。

途端に二人が軽口の応酬を始めるのを、悠利は食事をしながら聞いている。

（アリーさんって、ブルックさんとレオーネさん相手のときはこんな感じで振り回されるんだよねぇ……）

やはり元パーティーメンバーは強いということなのだろう。悠利達にしてみれば怒らせたら怖い保護者なリーダー様だが、ブルックにとってはおちょくって遊べる真面目な友人という立ち位置なのだから。付き合いの長さは偉大である。

余計なことを言ってとばっちりを食らうのはごめんなので、悠利は大人しく食事を続けた。同席者のジェイクも同じくである。彼はうっかり失言をしてアリーに怒られることのある立場なので、今はちゃんと空気を読んでいるとも言えた。

小食組に分類される学者先生も、味付けにバリエーションがあるので自分好みを探して食事を楽しんでいるようだった。もっぱら昆布出汁《だし》の鍋でポン酢をかけて食べるのを好んでいるようだが、時折鶏ガラ醤油《しょうゆ》味も食べているようだ。お気に召す味があって良かったと思う悠利だった。

そんなことを考えていた悠利に、ジェイクが声をかけた。

「ユーリくん、質問しても良いですか？」

「はい、何でしょうか」

「この肉はオーク肉ですけれど、他の肉ではダメなんでしょうか？」

「いえ、ダメというわけじゃないです」

ジェイクは料理をするわけではないが、学者という職業柄か知的好奇心が旺盛《おうせい》だ。気になったことがあると質問して確かめるところがある。どうやら、鍋の味付けが複数あるのに肉は一種類という状況が気になったらしい。

「別にオーク肉に限ったわけじゃないですね。僕の故郷では、豚肉系や牛肉系を使って食べていました」

「ということは、バイソン肉でも問題ないということですか」

「薄切りに出来るお肉で、ちゃんと火を通せれば問題ないですね」

そう、重要なのはそこだった。しゃぶしゃぶで大事なのは、煮込んだり炊いたりするわけではなくとも火が通るということである。短時間で肉に火を通して、鍋から引き上げて楽しむのがしゃぶしゃぶなのだ。薄切りにした上で、火が通りやすいのは最低条件であろう。

そういう意味では、鶏肉《とりにく》系は向いていないだろう。悠利《ゆうり》も、鶏肉でしゃぶしゃぶをするというのは聞いたことがない。薄切りは出来るだろうが、多分向いていない理由があるに違いない、と思っている。

また、牛肉と豚肉ならば、牛肉の方が短時間で火が通るのでしゃぶしゃぶには向いているような気がする。豚肉は牛肉よりもしっかり火を通さなければお腹《なか》を壊してしまうので。

それでも豚肉系であるオーク肉を選んだのには、ちゃんと理由がある。

「では、どうして今日はオーク肉なんでしょうか」

「オーク肉の方が、灰汁《あく》が出ないいんです」

「はい。お肉を茹《ゆ》でると灰汁が出てくるんですが、その灰汁がバイソン肉の方が圧倒的に多いんです。そうなると、灰汁を取る作業が発生するので……」

「灰汁……？」

そう、それが理由の一つ目だった。何せ《真紅の山猫《スカーレット・リンクス》》は大所帯である。仲間達が満足いくまでお肉を食べるとしたら、それはもう大量になるだろう。そう考えると、灰汁の出やすいバイソン肉にした場合、灰汁の処理が大変なことになる。オーク肉でも灰汁は出るが、バイソン肉に比べれば随分とマシだ。

悠利の説明を聞いて、ジェイクはなるほどと頷いている。調理上の理由ならば仕方ないと理解出来たのだろう。なお、ジェイクは別にバイソン肉にそこまで興味はない。元々小食なので、お肉そのものへの興味は薄かった。この質問は、単なる知的好奇心である。

なお、理由はもう一つある。お値段である。

先ほども述べたが、《真紅の山猫》は大所帯であり、皆が満足するまで食べる分の肉を用意しようと思うとかなりの量が必要になる。何せ、見た目よりも食べる大食いが何人もいるのだ。身体《からだ》が資本の冒険者集団である。どう考えても肉の代金が大変なことになる。

バイソン肉は何も、庶民が買えないような高級肉ではない。普段から一般人の食卓に並ぶような肉ではある。ただ、ビッグフロッグ肉やバイパー肉、オーク肉に比べて、ちょっぴりお値段がお高いだけである。

塵《ちり》も積もれば山となる。ただメインディッシュにするだけならともかく、今日のように食べ放題モードに入るときに買うと、お財布が物凄《ものすご》いダメージを負うのだ。悠利はそれを考えて、灰汁の量というのも含めてオーク肉を選んだのである。

勿論、《真紅の山猫》の食費が微々たるものであるなどとは、言わない。よほどバカみたいな使い方をしなければ美味しいご飯を作ることは出来るし、足りないときはアリーに申告すれば追加をくれる。それでもやはり、料理担当としてはなるべく節約したい気持ちなのだ。

まぁ、この辺は悠利が小市民というのもあるのだろう。何となく、つい癖で、ちょっと節約を考えてしまうのだ。その上で、美味しいご飯を作ろうと思っているが。

「オーク肉の方がこの料理に適しているということですか？」

「少なくとも、今日の場合はオーク肉の方が良いかなーって僕が思っただけです。バイソン肉でも美味しいと思いますよ」

「そうなんですね」

これも十分美味しいですけど、とジェイクは続ける。そう思ってもらえているなら、悠利としては満足だ。誰もが美味しいと思う料理を作るのは難しいけれど、味付けのバリエーションを増やしてお気に入りを探してもらうことは出来る。そういう意味では、今日の夕飯は大成功ということだろう。多分。

何せ、どのテーブルを見ても、仲間達が美味しそうな顔で食事をしている。どの味が美味しい、どの具材が美味しいと、自分にとっての最良を見つけては語り合う姿は、何とも言えず喜ばしい。

見ているだけで胸がぽかぽかする。

色々考えて、準備も頑張って良かったなぁ、と悠利は思う。自分が美味しいものを食べたいのも事実だが、やはり食べてくれた誰かが喜んでくれる姿は、何よりも嬉《うれ》しいものだ。これからも頑張ろうと思えるほどに。

「ユーリ」

「え？　あ、はい、何ですか？」

「周りを気にするのも良いが、お前もちゃんと食べろ」

「……食べてますよ？」

「手が止まってる」

「はぁい」

アリーの小言に、悠利は肩を竦《すく》めて答えた。別に、食事を疎《おろそ》かにしていたつもりはない。ただちょっと、ジェイクとの雑談を楽しんだり、周囲の様子を見ていただけだ。

ただ、それで食事をする手が止まっていたのは事実だし、そうやってうっかり食べるのが遅れてしまうこともよくあるので、悠利はアリーに反論はしなかった。器の中の肉と野菜を、口の中に運んで堪能《たんのう》する。

美味しく出来たなぁと自画自賛している悠利の耳に、ブルックの声が聞こえた。

「やっぱりお父さんじゃないか」

「お前いい加減にしろよ……？」

「良《い》いじゃないか、お父さんで。ユーリは可愛《かわい》いんだし」

「こんなデカい子供がいる年じゃねぇよ！」

「細かいことは気にするな」

「お前が大雑把過ぎるんだ！」

途端に始まる口喧嘩《くちげんか》を、悠利は生温《なまぬる》い笑顔で聞いていた。口喧嘩というか、アリーが一方的に怒っているだけだが。今日はブルックさんがアリーさんをおちょくる日なんだなぁ、と思う悠利だった。

普段のブルックはアリーをちゃんとリーダーとして立てているのだが、たまにこんな風にからかって遊ぶことがある。どこでどうそういうスイッチが入っているのかは解《わか》らないが、実に楽しそうである。おちょくられているアリーの方は全然楽しくないだろうが。

それでも、軽口を叩《たた》き合える関係というのは良いものだ。悠利はそう思う。喧嘩というのは、本当に仲が悪いと出来ないものだ。軽口を叩き合ってじゃれる間柄というのは、そういう悠利の持論からすれば仲良しに分類される。

悠利だって、普段から見習い組やクーレッシュ、レレイなどと軽口を叩き合っている。相手をちょっとおちょくったり、けなすようなことを言うことはあるが、その根底に信頼と友愛があるのがお互いに解っているので後には引かない。雑に扱っていようと、相手を尊重する気持ちがあればそれはじゃれ合いになるのだ。

その辺りの線引きはケースバイケースで、人によってはそういう扱いをヒドいと思うかもしれない。けれど少なくとも、悠利と《真紅の山猫》の仲間達の関係は良好だ。おかげで実に楽しい日々を送れている。

視線を少し食堂の隅へと向ければ、ルークスがナージャと一緒に食事をしている。あの愛らしい従魔もまた、悠利の日常の癒《い》やしだ。優しくて楽しくて明るい日々に彩りを与えてくれる、可愛くて強くて頼りになる従魔である。

ルークスがナージャに話しかけては適当にあしらわれている光景が目に入って、思わず悠利は小さく笑う。歴戦の戦士でもあるナージャをルークスは従魔の先輩として尊敬していて、いつもキラキラとした目で見ているのだ。ナージャは面倒くさそうにルークスをあしらうが、それでも先輩として教えを与えることもあるらしい。何だかんだで先輩後輩関係は良好のようだ。

そういう優しい世界に囲まれて、悠利はここにいる。運∞なんていう能力値《パラメータ》が影響しているのか知らないが、知り合うのは優しくて温かい人達ばかりだ。異世界で、故郷の料理を作ってまったり過ごす日常が、恙《つつが》なく続くのは彼等のおかげであろう。

だからこそ悠利は、今日も明日も明後日も、仲間達に美味しいご飯を作ろうと思うのだ。それが悠利に出来る仕事であり、喜ぶ皆の顔を見るのが悠利の楽しみなのだから。美味しいご飯は、やっぱり皆を笑顔にしてくれると信じて。

そして、大量に作ったしゃぶしゃぶは肉も野菜も、鍋《なべ》のスープまでもぺろりと平らげられて、〆の雑炊の出番なかったなぁ……と思う悠利なのでした。なお、口にしない程度には空気を読みました。迂闊《うかつ》に口に出せば大騒ぎになるので。

あとがき

初めましての方もこんにちはの方も、本書をお買い上げくださりありがとうございます。作者の港瀬《みなとせ》つかさです。

無事に二十一巻がお目見えとなりました。二十一という数字に現実感がないなと思いつつ、今回も楽しんでいただければ嬉《うれ》しいです。

今回はちょっと気分を変えてワーキャットの里にお出かけしております。相変わらず自由な若様にゃんこのリディと一緒に、いつもと違った時間を過ごす悠利達となっています。とはいえ、仲間達とほのぼのしたり、美味しいご飯を満喫したりといつもと変わらない部分の方が多いです。ですので、これまで通りに楽しんでいただければと思います。

また、不二原理夏《ふじわらりか》先生作画のコミカライズも絶賛連載中ですので、そちらも一緒に楽しんでいただけると嬉しいです。原作には原作の良さが、コミカライズにはコミカライズの良さがあるので、どっちも面白いよ！　と声を大にしてお伝えしておきますね。

今回も素敵なイラストを描いてくださったシソさんをはじめ、多大なる迷惑をおかけしている関係者の皆様のおかげでこうして本が出ております。いつも本当にありがとうございます。

それでは、今回はこの辺りで失礼します。次も元気にお会い出来れば幸いです。

カドカワBOOKS

最強《さいきよう》の鑑定士《かんていし》って誰《だれ》のこと？　21
〜満腹《まんぷく》ごはんで異世界生活《いせかいせいかつ》〜

2024年５月10日　初版発行

著者／港瀬《みなとせ》つかさ

発行者／山下直久

発行／株式会社KADOKAWA

〒102-8177
東京都千代田区富士見2-13-3
電話／0570-002-301（ナビダイヤル）

編集／カドカワBOOKS編集部

印刷所／暁印刷

製本所／本間製本

Printed in Japan
ISBN 978-4-04-075419-2 C0093